Z 캠프

김영주

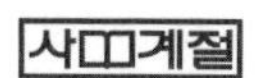

차례

프롤로그

"오 분 후라고?"

총리는 비서관의 얼굴을 뚫어져라 바라보았다. 갑자기 회의가 소집되다니 큰일이 터진 게 분명했다. 머릿속에 오만 가지 생각이 떠올랐다. 총리는 관자놀이를 가볍게 눌렀다. 미리부터 걱정할 필요는 없다. 아무리 다급한 상황이라도 정해진 절차에 따르면 해결 못할 일이 없다. 총리는 자꾸만 조급해지는 마음을 누르며 물었다.

"누가 회의를 소집한 거지? 대통령인가?"

"저……. 그, 그게."

비서관은 꿀꺽 침을 삼켰다.

"저, 그게, 교육부 장관이랍니다."

총리는 께름칙한 기분을 떨칠 수가 없었다. 국방부 장관도 아니고 교육부 장관이 긴급회의를 소집할 일이 뭐가 있단 말인가.

비서관이 문을 열자 회의실에 앉아 있던 장관들이 일어나 인사를 했다. 표정들을 보아하니 다들 무슨 일인지 모르는 듯했다. 총리는 테이블 윗자리에 반듯이 앉아 회의실 안을 둘러보았다. 교육부 장관이 보이지 않았다. 총리는 불쾌한 감정을 느끼며 오른손을 갈색 테이블 위에 올렸다. 매끈하게 잘 빠진 마호가니 테이블을 두어 번 손가락으로 두드렸을 때 문이 벌컥 열렸다. 교육부 장관이다. 총리는 늦어서 미안하다는 말을 기대하며 교육부 장관을 쳐다보았다. 그러나 교육부 장관은 한마디 사과도 없이 자리에 앉자마자 이야기를 시작했다.

"이렇게 오시라고 한 이유는 한 시간 전에 서울 시내에서 일어난 중학생 추락 사건 때문입니다."

총리는 기가 차다는 표정을 지으며 장관들을 둘러봤다. 다른 사람들도 맥이 빠진 얼굴이었다.

"학생 하나 죽은 일로 회의를 소집한 겁니까?"

국방부 장관이었다.

총리는 조심스럽게 두어 번 기침을 했다. 아무리 기가 막힌다 해도 국방부 장관의 말은 위험했다. 회의에서 나온 말은 언제나 새어 나갔다. 앞뒤 맥락 없이 저 말만 새어 나간다면 사람들이 벌 떼처럼 들고일어날 게 뻔했다.

눈치를 챈 국방부 장관이 냉큼 말을 돌렸다.

"제 말은, 그러니까 학생들의 자살은 천천히 대책을 세워야 한다는 겁니다. 이렇게 갑자기 회의를 소집해서 해결될 문제가 아니란 말씀입니다."

"그렇지요. 당연하신 말씀입니다."

모두들 고개를 끄덕였다.

'이제야 회의 분위기가 정상으로 돌아온 것 같군.'

총리는 만족스러운 미소를 지었다.

"먼저 이야기를 들어 보시지요."

총리의 얼굴에서 웃음기가 채 가시기도 전에 교육부 장관의 신경질적인 목소리가 날아들었다. 총리는 교육부 장관을 노려보다 화들짝 놀랐다. 언제나 화장을 짙게 하는 사람인데, 오늘은 화장은커녕 한잠도 못 잔 얼굴이었다. 총리는 고개를 끄덕였다.

안절부절못하는 교육부 장관 뒤에서 검은 옷을 입은 남자가 앞으로 나왔다.

"먼저 제 소개부터 하겠습니다. 저는 대통령 직속 기구인 Z 전담반 본부장입니다."

총리는 머릿속을 헤집었다. 아무리 곱씹어 봐도 Z 전담반이라는 건 들어 본 적이 없었다. 이 나라 안에 자기가 모르는 일이 있다니, 자존심이 상했다. 총리는 끓어오르는 속마음을 감추고 조용히 물었다.

"Z 전담반? 신생 부서인가?"

총리의 바람과 달리 남자는 고개를 저었다. 총리의 얼굴에서 미소가 싹 사라졌다. 두 남자는 잠시 서로를 노려보았다. 회의장 안에 살얼음판을 내딛는 것 같은 긴장감이 퍼졌다. 총리는 검은 옷의 남자를 찬찬히 살폈다. 그리 크지도 작지도 않은 키에 다부진 체격, 검게 탄 얼굴은 묘하게 어린애 같은 구석이 있었다. 남자의 눈과 딱 마주친 총리는 섬뜩한 느낌에 몸을 떨었다.

남자는 머뭇거리는 기색도 없이 담담히 설명을 계속했다.

"십 년 전 4월 30일 16시 30분, 강서중학교 2학년에 재학 중인 여학생이 교실 창문에서 뛰어내렸습니다. 여기까지는 별다른 점이 없었습니다. 그런데 목격한 아이들 이야기가 희한했습니다. 자살한 아이가 평소에는 굉장히 얌전했는데 갑자기 사나워져서 주변 아이들을 물어뜯었다는 겁니다. 문제는 그다음인데요, 물어뜯긴 아이들이 집단 광란 상태에 빠져들었습니다. 그래서 전염병으로 판단, 검사한 결과 바이러스로 인한 발병으로 판명됐습니다."

"바이러스?"

영문을 모르는 장관들이 웅성거렸다. 남자의 목소리가 낮아졌다.

"지금부터 제가 하는 이야기는 기밀입니다."

총리의 얼굴이 붉어졌다. 감히 누구 앞에서 기밀이라는 건지. 주제를 몰라도 한참 모르는 자 아닌가.

총리의 기분 따위는 아랑곳없이 남자는 이야기를 계속했다.

"바이러스를 판별한 결과, 발병 원인 바이러스는 Z 바이러스로 밝혀졌습니다."

"Z 바이러스?"

"네, 레트로바이러스의 일종으로 Z 전담반에서 비밀리에 연구하고 있습니다."

남자는 고개를 까딱해 보이고 회의실 안을 찬찬히 둘러보았다. 열댓 명의 장관들이 숨을 죽인 채 두 눈을 끔벅였다. 남자는 마치 어린아이를 가르치듯 차근차근 말을 이었다.

"일단 Z 전담반에 대해 말씀드리겠습니다. Z 전담반은 지난 십 년 동안 대통령 외에는 아무도 모르는 비밀 조직으로 운영되어 왔습니다. 맡은 임무는 짐작하다시피 Z 바이러스를 비밀리에 연구하는 것이었습니다."

"그런데 십 년이나 지나서 새삼스럽게 비밀을 털어놓는 이유가 뭔가?"

총리가 붉어진 얼굴로 물었다. 머리끝까지 치밀어 오른 화를 참느라 목에서 짓눌린 소리가 흘러나왔다.

남자는 총리를 한 번 힐끔 보더니 담담하게 말했다.

"십 년 만에 2차 발병자가 발견되었기 때문입니다. 한 시간 전에 추락사한 학생을 검시한 결과, Z 바이러스 발병자로 밝혀졌습니다."

"그렇다면 국민들에게 알려서 백신을 맞혀야 하지 않겠습니까."

보건복지부 장관이 의자에서 튕겨 나오듯 일어나며 소리쳤다. 남자가 보건복지부 장관의 말을 단칼에 잘랐다.

"그건 안 됩니다. Z 바이러스는 생각보다 넓게 퍼져 있습니다. 거의 대부분의 사람들이 감염되어 있다고 해도 과장이 아닙니다. 다행스럽게도 일정 조건에서만 발병을 합니다만, 문제는 아직까지 이렇다 할 백신이나 치료제가 없다는 겁니다. 이런 상태에서 Z 바이러스의 존재가 세상 사람들에게 알려진다면 어떤 일이 벌어질지 불 보듯 뻔하지 않습니까?"

모두 당혹스러운 표정으로 고개를 끄덕였다.

"바이러스라면 전염도 될 텐데, 상황이 통제될 수 있겠습니까? 혹시 빠르게 번져 나가는 건 아닌가요?"

"네, 번지기는 합니다. 하지만 그나마 다행스러운 일은 그동안의 연구로 Z 바이러스의 발병 기간을 줄이는 방법을 알아냈다는 것입니다. 그 방법을 사용하면 환각 증상을 제외한 나머지 증상은 많이 완화됩니다. 이따금 심하게 발병해서 사망하기도 하지만…… 대개 무난히 지나갑니다. 다시 말해서 발병된 학생들을 며칠 동안만 잘 관리하면 더 이상의 희생을 막을 수 있다는 것입니다. 이미 각 학교장이나 이사장들로 구성된 Z 감시반이 아이들을 감시하고 있습니다. 학교 책임자가 학교를 면밀하게 살피다가 발병 기미가 보이면 Z 전담반이 맡습니다."

가만히 듣고 있던 총리가 쌀쌀맞게 쏘아붙였다.

"듣고 보니 이미 다 결정 난 사항인 것 같군요. 도대체 오늘 모이라고 한 이유가 뭡니까? 원하는 게 뭡니까?"

남자가 담담한 목소리로 말했다.

"원하는 것은 없습니다. 시간을 내서 말씀드린 이유는 걸림돌을 제거하기 위해서입니다. 앞으로 어떤 일이 일어나도 입 다물고 모르는 척하는 게 좋을 겁니다. Z 바이러스에 관한 모든 일은 우리 Z 전담반에서 알아서 할 거니까요. 다시 한 번 말씀드립니다. 오늘 이 자리에서 들은 이야기는 기밀입니다."

남자는 다시 한 번 다짐을 받듯 한 사람 한 사람을 노려보았다. 장관들은 착하고 말 잘 듣는 아이처럼 고개를 끄덕였다. 총리마저도 무표정하게 고개를 끄덕였다. 그제야 만족한 듯 남자는 정중하게 인사를 하고 회의장을 빠져나갔다.

1부

섬으로

서도담

"무슨 일이 있었던 거니?"

"……."

담임과의 대화는 벌써 한 시간째 제자리를 맴돌았다. 도대체 뭐가 그리 궁금한 걸까? 도담이는 솟구치는 짜증을 누르며 책상의 나무옹이로 눈을 돌렸다.

"도담아."

넋을 놓고 있는데 담임이 갑자기 도담이의 손을 꼬옥 잡았다. 뜻밖의 행동에 홱 손을 뺐다. 담임이 씁쓸하게 웃었다.

"그맘때 아이들은 참 비슷하구나. 손을 잡거나 어깨를 툭툭 두드리거나 머리를 쓰다듬으면 죽는 줄 안다니까."

여느 때 같으면 담임도 이쯤에서 상담을 포기했을 것이다. 하지만 오늘은 달랐다. 담임은 살짝 한숨을 내쉬며 파일을 펼쳤다. 도담이는 파일을 말없이 노려보았다. 파일에 자신에 관한 일들이 시시콜콜 쓰여 있을 터였다. 담임의 눈길이 한곳에 박혀 움직이지 않았다. 친한 친구란에 적힌 김민선이라는 이름을 보고 있을 거란 생각에 도담이의 입술이 조금 삐뚜름해졌다.

'다른 사람들 보기에 우리 둘, 친한 친구였겠지. 상관없어. 어차피 내가 어떤 사람인지는 나만 알고 있으니까.'

민선이는 친구 사귀는 걸 힘들어했다. 아이들 사이에 끼어보려고 열심히 노력하는 것 같았지만, 민선이는 아이들 틈으로 녹아들지 못했다. 살짝 초점이 흐려진 영화 필름 같다고 할까? 그게 뭔지 딱 꼬집어 말할 수 없었다. 하지만 도담이가 보기에도 민선이는 다른 아이들과 달랐다. 예민한 아이들은 족집게처럼 민선이를 추려 냈다. 민선이가 교내 왕따부에 이름을 올리는 데는 한 달도 채 걸리지 않았다. 바로 민선이의 그런 점이 도담이는 좋았다. 펼쳐진 책처럼 빤히 읽히는 아이들은 재미가 없으니까.

담임이 갑자기 고개를 들더니 도담이를 뚫어져라 바라보았다.

"민선이랑 친해진 게 2학년 올라와서지?"

의외의 조합이라고 생각하는 눈치였다. 담임이 그렇게 느끼는 것도 당연하다. 두 사람 다 누군가와 같이 다니기는 그때가 처음이었으니까. 둘은 늘 혼자였으니까.

담임은 한숨을 푹 쉬더니 말을 계속했다. 자꾸 말을 빙빙 돌리는 게 평소의 담임답지 않다.

도담이의 시선을 느꼈는지 담임이 잠시 말을 멈추고 창밖으로 고개를 돌렸다. 가지런한 눈썹 아래 커다란 갈색 눈이 당황한 듯 깜박였다.

"나는 너희 둘이 친구가 돼서 참 기뻤어. 한 명이라도 친구가 있으면 더는 왕따가 아니니까. 힘든 일은 다 지나갔구나, 그랬는데……. 그 일이 있기 전에 민선이한테서 이상한 낌새, 뭐 그런 거 못 느꼈니?"

도담이는 담임을 빤히 노려보았다. 눈초리가 차가웠는지 담임 얼굴이 새빨개졌다.

학생이 죽은 지 일주일이 됐지만 학교에서는 원인을 찾지 못했다. 막연히 학교에 적응을 못했다는 말로 얼버무리며 반 아이들을 하나둘 불러내 추궁만 할 뿐이었다.

담임이 조심스럽게 입을 열었다.

"어제 학교에서 결정이 났어. 민선이의 죽음으로 우리 모두 상처받았잖니. 그래서 민선이 주변에 앉았던 애들이랑 관련된 아이들 모두 단체 상담을 받기로 했다."

도담이는 담임을 멍하니 보았다. 담임이 무슨 말을 하는지 도무지 알 수 없었다. 담임은 한참 머뭇거리다 될 대로 되라는 듯이 빠르게 말했다.

"이사장님께서 특별히 단체 상담을 주선해 주셨어. 이사장님한테 섬이 있대. 거기에 별장도 있다지 뭐니. 역시 부자는 뭐가 달라도 다르지? 주말에 거기서 캠프를 하면서 상담도 받고 다친 마음도 치료하고……."

"제가 민선이를 죽인 건 아니잖아요. 그런데 왜 저까지."

도담이의 목소리가 차분하게 가라앉았다. 너무 어이가 없어서 화도 나지 않았다. 담임은 입을 헤벌리고 도담이를 봤다. 말문이 막힌 모양이다. 담임이 크크큥큥 목기침을 해 댔다. 가지런히 하나로 묶은 머리를 급하게 쓸어 넘긴 탓에 담임의 하얀 이마 위로 잔머리가 흘러내렸다.

담임이 더듬더듬 말을 꺼냈다.

"그럼 당연하지. 네가 민선이를 죽이다니. 그런 거 아니야. 아무도 민선이를 죽이지 않았어. 그건 자살이었지, 불행한."

상담실 안에 낮게 드리운 햇살 사이로 뽀얀 먼지가 푸스스 날렸다.

"가도 돼요?"

담임은 아무 말 없이 고개를 끄덕였다. 도담이는 공손하게 인사하고 상담실을 나왔다.

학교는 조용했다. 수업은 벌써 한참 전에 끝났기 때문에 아이들은 한 명도 보이지 않았다. 도담이는 길고 어두운 복도를 천천히 빠져나가 현관 쪽으로 몸을 틀었다. 신발주머니에서 신발을 꺼내려다 말고 힐끔 뒤를 돌아보았다. 복도 끝에 누가 서 있었다. 눈을 가늘게 뜨고 복도 끝을 노려보았다. 누군지 알 것 같았다. 그러잖아도 안 좋은 기분이 순식간에 가라앉았다.

'내가 무슨 말을 했을까 봐 두렵니? 그래서 기웃거리라고 시킨 거야?'

도담이는 거칠게 실내화를 벗고 검은 구두에 발을 끼워 넣었다. 민선이가 죽던 날이 떠올랐다.

대청소를 하느라 창문마다 아이들이 다닥다닥 붙어 있었다. 화단 앞을 쓸고 있는 도담이의 머리 위에서 익숙한 목소리가 들렸다.

"도담아!"

도담이는 고개를 들어 자기 반 창문을 올려다보았다. 창가에 서 있는 민선이가 보였다. 두어 번 손을 흔들어 주었다. 바람이 심했다. 하얀 커튼이 갑자기 붕 뜨더니 민선이의 몸을 휘감았다.

"위험해. 그렇게 몸을 내밀면……."

민선이가 위태로워 보여 건물로 한 발짝 다가섰다. 커튼 틈으로 민선이의 모습을 찾던 도담이는 흠칫 놀랐다. 휘말린 커튼 뒤에서 손 하나가 쓰윽 나오나 싶더니 커튼이 북 뜯겼다. 그리고 눈 깜짝할 새 민선이가 화단으로 떨어졌다.

도담이는 복도 끝을 다시 보았다. 아이는 사라지고 없었다. 도담이의 얼굴에 비틀린 미소가 떠올랐다. 다 지난 일이다. 캠프라니, 웃긴다. 이제 와서 민선이 일을 파헤친다고 해서 진실을 알게 되는 건 아닐 텐데 말이다. 아무것도 모르는 담임을 실컷 비웃고 싶었다. 담임은 죽었다 깨어나도 모를 거다. 선의로 가장한 악의가 어떤 일을 만들어 내는지.

도담이는 사라진 아이를 향해 조용히 웅얼거렸다.

"너 때문이야. 너 때문에 민선이가 죽은 거야."

하늘을 올려다보았다. 하늘에 구름이 나른하게 흐르고 있었다.

오다은

"아, 지겨워 죽겠네."

규리가 또 투덜거렸다. 배를 탄 지 두 시간이나 지났는데도 멈출 줄 모른다. 저럴 거면 바깥 풍경이나 볼 일이지. 다은이는 싸늘한 눈으로 규리를 노려보았다.

"시끄러워! 정신 사나우니까 입 좀 다물어."

뒤쪽에서 작지만 단호한 목소리가 명령했다. 정현이다. 규리는 조개처럼 입을 꾹 다물었다. 그러면서도 다은이에게 눈을 부라리는 걸 잊지 않았다.

다은이는 고개를 빳빳이 들었다. 규리가 저래 봤자 겁나지 않는다. 적어도 정현이가 있는 곳에서는 규리에게 겁먹을 필요가 없다. 규리는 입을 삐죽이며 거울에 얼굴을 처박았다. 가방을 주섬주섬 뒤지는 꼴이 아마 여드름 약을 찾나 보다.

규리처럼 거칠고 앞뒤 안 가리는 애가 왜 정현이한테 꼼짝 못하는지 다은이는 알 수가 없었다. 다은이는 의자에 몸을 기대는 척하며 정현이 쪽으로 몸을 틀었다. 배 안쪽, 햇볕이 들지 않는 곳에 정현이가 앉아 있었다. 정현이는 붉은색 의자에 몸을 묻은 채 이어폰에서 흘러나오는 음악에 빠져 있었다.

전형적인 미인은 아니지만 정현이는 어디서나 눈에 띄었다. 밝게 염색한 갈색 머리 때문만은 아니다. 뾰족하게 여윈 얼굴에 자리 잡고 있는 가늘고 날카로운 눈 때문이다. 쏘아보는 것만으로도 분위기를 휘어잡는 힘이 느껴지는 눈. 정현이는 자기를 숭배하는 여자아이들에게 둘러싸인 여왕벌이었다. 대개 대여섯 명이 같이 어울리는데, 여기에도 규칙이 있다. 누가 들어오고 나갈지 정현이의 뜻에 따른다는 규칙. 어울린다 해 봤자 교실에 모여 최신 유행곡을 흥얼대거나 거리를 쏘다니며 쇼핑을 하는 게 고작이지만, 아이들은 정현이 패거리에 못 들어가서 안달이었다.

다은이는 으쓱한 기분에 취해 창밖을 바라봤다. 창문에 물살이 마구 튀었다. 벌써 두 시간째 배는 전속력으로 바다 위를 달리고 있었다. 도대체 우리를 어디까지 데리고 갈 작정인지.

다은이는 멍하니 생각에 잠겼다.

"너희들 처지는 알고 있지? 화해 캠프에 참여해야 해. 단체 상담 프로그램인데, 이사장님의 배려라고 할 수 있어. 물론 민선이 부모님은 학폭위가 열리길 원하셔. 그러니까 너희는 이사장님께 감사해야 해. 선생님은 너희가 많은 걸 깨닫고 좀 더 성장하기를 바란다."

담임의 목소리는 작지만 찬바람이 쌩쌩 불었다. 말은 그럴 듯해도 모두를 민선이 살인범쯤으로 여기는 말투다.

"우리가 뭘 잘못했다고 학폭위에 보내요? 으이, 씨."

규리가 발끈해서 덤비다 갑자기 입을 다물었다. 정현이와 눈이 마주친 거다.

정현이가 차분하게 입을 열었다.

"누구누구 가요? 우리 다섯 명만 가면 되나요?"

오랫동안 입을 다물고 있어서인지 정현이 목소리는 약간 쉬어 있었다. 담임은 노골적으로 불쾌한 표정을 지었다. 담임은 다섯 명 모두 학폭위로 가서 처벌받기를 바라는 것 같았다. 담임은 평소에도 눈에 띄게 민선이를 편애했다. 민선이를 망가뜨린 아이들을 용서하지 못하는 것이리라.

"캠프 참가 대상은 너희 다섯이랑 도담이랑……, 그리고 옆자리였던 유택이까지 모두 일곱 명이 가기로 결정됐어. 다시 말하지만, 이건 순전히 이사장님의 배려니까 가서 말썽 피우지 말고 상담 제대로 받아. 혹시라도 거기서까지 왕따니 뭐니 그런 소리가 들리면 그때는 정말 끝이야. 나나 이사장님도 더는 안 봐줄 거야. 알았니?”

담임은 가시를 있는 대로 드러내 보이며 아이들을 윽박질렀다. 다은이는 식은땀이 나고 온몸이 사시나무처럼 떨렸다. 눈을 들어 정현이를 찾았다. 태연하게 서 있는 정현이가 눈에 들어왔다. 정현이는 담임의 협박에도 표정 하나 변하지 않고 꼿꼿이 서 있다. 다은이는 떨리는 마음을 다잡았다.

그래, 정현이와 함께라면 무서울 게 없어. 나는 더 이상 힘없는 ‘떨거지 오다은’이 아니야. 나는 정현이가 선택한 사람이야.

다은이는 배에 힘을 주고 허리를 쭉 폈다.

갑자기 몸이 휘청거려 다은이는 정신을 차렸다. 파도가 점점 거세지고 있었다. 다은이는 테이블을 꼭 잡고 중심을 잡았다. 왠지 테이블이 들썩이는 것 같아 마음이 불안했다. 슬쩍 허리를 굽혀 테이블 다리를 꼼꼼히 살폈다. 야구공만 한 나사로 바닥에 단단히 고정된 다리가 눈에 들어왔다. 마음이 놓이면서 긴장이 스르르 풀려 의자에 누웠다. 잠이 솔솔 몰려와 눈꺼풀이 감겼다. 정신은 멀쩡한데 이상하게 눈을 뜨기가 어려웠다. 손발의 느낌이 점점 무뎌지더니 눈앞이 하얘졌다.

꿈인가? 바람이 심하게 불어 다은이는 눈을 뜰 수 없었다.

바람을 따라 사방으로 날리는 머리카락이 얼굴을 마구 때렸다. 쉭쉭거리는 바람 소리 속에 신경 거슬리는 소리가 섞여 있었다.

'뭐지? 저 낯익은 소리는?'

눈을 감은 채 소리가 들리는 쪽으로 무작정 걸어갔다. 소리가 점점 커졌다. 다은이는 가만히 귀를 기울였다. 그리고 깨달았다. 바람 소리 속에 섞여 있는 소리의 정체를. 바람이 거세던 그날, 교실 창문에서 커튼이 휘날리던 소리. 그리고…….

눈이 번쩍 뜨였다. 머리 위에서 느물거리는 목소리가 날아들었다.

"야, 오다은. 넌 참 태평도 하다. 이 와중에 잠이 오냐? 눈치만 없는 줄 알았더니 머리도 나쁜 모양이지?"

규리였다. 다은이의 눈 위로 버스 손잡이만 한 귀고리가 달랑거렸다. 강제로 상담받으러 가면서 귀고리라니, 정말 규리다웠다. 귀고리가 무거운지 귓불에 난 구멍에 붉은 피가 비쳤다. 갑자기 속이 울렁거려 다은이는 벌떡 일어났다. 살이 투덕투덕 붙은 규리 얼굴이 코앞까지 다가왔다.

"민선이가 그렇게 죽은 거, 다 오다은 네년 탓 아냐? 네년이 배신 때리는 바람에 죽은 거잖아."

규리가 목소리를 낮추고 비아냥거렸다. 정현이가 듣지 못하게 하려는 거다. 규리는 눈치가 빨랐다. 분위기를 금세 파악하고 대처도 빠르다. 문제는 그 대처 방법이 저한테만 좋은 방

법이란 거다. 그래 놓고는 다른 아이들은 눈치채지 못할 거라고 착각을 했다. 사람들의 가려운 곳을 긁어 주는 자기야말로 너그러운 사람이라고 떠들어 댔다. 그렇지만 아이들 사이에서 규리는 속이 좁아터진 데다 깐죽거리는 재수 없는 아이로 통했다. 그런 규리가 반에서 대접받는 이유는 순전히 정현이 패거리이기 때문이었다.

'그런 주제에 나를 정현이 곁에서 떼어 내려고 해?'

다은이는 눈이 빨개져라 규리를 노려보았다. 눈앞에서 귀고리가 달랑거렸다.

"야! 내 말 안 들려?"

규리가 다은이 팔을 툭툭 쳤다. 다은이는 규리의 팔을 있는 힘껏 쳐 냈다. 손가락 끝에 뭐가 툭 걸렸다.

"악!"

규리가 비명을 지르며 물러섰다. 귀를 감싸는 걸 보니 귀고리를 잡아당긴 모양이었다. 다은이는 재빨리 일어나 선실 밖으로 뛰쳐나갔다.

규리가 다은이 뒤를 바짝 쫓았다.

"야, 너 거기 서! 내 말 안 들려? 너, 정현이가 요즘 좀 예뻐한다고 아주 간이 배 밖으로 나왔구나!"

"내가 뭘?"

자리를 피하려는 다은이의 팔을 규리가 우악스럽게 잡아 꺾었다. 으악, 비명이 터져 나왔다.

"민선이 개가 죽은 거, 바로 네년 때문이라고. 그러니까 내 말은, 우리가 이 흔들리는 배를 타고 이 거지 같은 시간을 보내는 게 다 네년 때문이라 이거야. 안 그래? 중학교 들어오기 전까지는 너랑 민선이가 죽고 못 사는 사이였다며. 내가 모를 줄 알아? 네년이 정현이한테 붙으려고 민선이 비밀을 팔아넘긴 거?"

"웃기지 마. 나 때문이라고? 민선이는 자살 같은 거 안 해. 그럴 애가 아니야. 나 다 봤어. 처음엔 그게 뭔지 몰랐는데 이제야 알 것 같아. 그날 민선이가 커튼에 휘감겼을 때, 너 민선이 뒤에 있었잖아. 아무도 못 봤을 줄 알았지? 나 다 봤어. 다 봤다고!"

규리가 움찔하더니 뒤로 물러섰다. 그 틈을 타 다은이는 재빨리 팔을 뺐다. 어찌나 세게 잡혔었는지 팔꿈치가 욱신거렸다. 다은이는 왼손으로 팔꿈치를 문지르며 살기등등한 눈으로 규리를 노려보았다. 이상했다. 오늘따라 규리가 하나도 두렵지 않았다.

다은이는 늘 규리가 무서웠다. 행동도 거친 데다 입에 욕을 달고 살았기 때문이다. 다은이가 어쩌다 정현이 옆에 앉을라치면 규리는 무섭게 눈을 부라렸다. 그러곤 어김없이 심한 괴롭힘이 따라왔다. 알 수 없는 힘이 가슴 밑바닥부터 차오르는 것을 느끼며 다은이는 입가를 일그러뜨렸다.

규리는 창백해진 얼굴로 두 눈을 부릅떴다. 규리의 얼굴이 서서히 일그러지나 싶더니, 두 손으로 얼굴을 가린 채 자지러지게 비명을 지르기 시작했다.

"아니야, 넌 몰라. 그게 아니야! 아니야아아아!"

선실 문이 열리면서 아이들이 쏟아져 나왔다. 아이들은 반쯤 정신이 나간 규리를 보며 쑥덕거릴 뿐 좀처럼 다가서지 않았다. 다은이는 재빨리 표정을 가다듬으며 생각했다. 결국은 이 정도밖에 안 되는 사이라고. 매일같이 시간을 보내도 서로를 감싸기에는 너무 먼 사이라고.

"혜진아, 태은이랑 같이 규리 데리고 가. 저쪽에 조그만 방 하나 더 있어."

규리를 무표정하게 바라보던 정현이가 말했다. 혜진이는 싫은 표정 하나 없이 빙긋 웃더니 규리 겨드랑이에 손을 끼었다. 태은이가 얼른 앞장서 길을 잡았다. 힘이 빠졌는지 규리는 소리 지르던 걸 멈추고 흐느끼기 시작했다.

아이들이 멀어지자 정현이가 다은이에게 물었다. 언제나처럼 흐트러진 구석 하나 없이 차가운 얼굴이었다.

"무슨 일이야? 규리를 몇 년 동안 봐 왔지만 저렇게 우는 걸 본 적이 없어. 너 뭐라고 한 거야? 규리한테."

다은이는 선뜻 대답하지 못하고 몸을 꼼지락거렸다. 엄마한테 혼나는 어린애가 된 기분이었다. 머리가 획획 돌아갔다. 규리의 약점을 정현이한테 일러바치는 게 남는 장사일까? 잠시 모르는 척 규리를 살살 약 올리는 게 나을까? 차라락, 머릿속에 답이 떴다. 잠시 보류.

다은이는 순진한 미소를 지으며 정현이를 보았다. 정현이가 알아챌까 봐 가슴이 두근두근 뛰었다.

"글쎄, 모르겠네. 원래 규리가 좀 다혈질이잖아. 뭔가 마음에 안 드는 게 있었나 보지."

"그래?"

정현이가 다은이를 빤히 쳐다보았다. 무슨 일인지 이미 알고 있는 표정이었다. 다은이의 손바닥에 땀이 고였다. 정현이는 정보에 빠삭한 데다 아이들을 통해 이런저런 이야기를 모으고 있다. 어쩌면 지금도 다 알면서 떠보는 건지 모른다. 다은이는 필사적으로 미소 지었다.

"그렇구나? 아마 뱃멀미가 심한 모양이야, 규리는. 가자, 다은아."

정현이가 담담히 웃더니 다은이의 팔짱을 끼었다. 다은이는 안도의 한숨을 내쉬었다. 다행이었다.

'정현이와 가까워지려고 내가 무슨 짓을 했는데 이깟 일로 나를 내치겠어.'

다은이는 정현이의 팔을 꼭 잡았다.

박정현

정현이는 규리의 옷차림을 찬찬히 뜯어보았다. 꽤나 신경을 쓴 눈치다. 머리에도 공을 들인 데다 귀고리까지 했다. 강제 상담이 아니라 수학여행이라도 떠나는 기분인가 보다.

배에서 선원 한 명이 내려왔다.

"학생들, 어서 타."

분위기가 한순간 얼어붙었다. 아무리 문제를 일으킨 학생들이 가는 캠프지만 그래도 명색이 학교 일인데, 선생이 단 한 명도 나오지 않다니. 정현이는 기가 차서 헛웃음이 나왔다. 배를 타야 하나 망설이고 있는데 누가 앞으로 쑥 나섰다. 유택이였다.

유택이를 따라 도담이가 배에 걸쳐진 철판 위를 텅텅 소리를 내며 배로 걸어 들어갔다. 정현이는 입술을 깨물었다. 유택이가 이 캠프에서 맡은 역할이 뭘까? 말썽의 냄새가 풀풀 나는 이 캠프에 꼭 가야 할까.

정현이는 신경질적인 눈으로 배를 올려다봤다. 호화로운 배였다. 뱃머리에 금속으로 된 여자의 부조를 단 하얀 배. 선실과 선미에는 보라색으로 색깔을 맞춘 나무 장식까지 달려 있었다. 이사장의 취향이 잘 드러난 배다 싶어 쓴웃음이 나왔다.

정현이는 아이들을 돌아봤다. 모두 풀이 죽어 정현이 눈치만 보고 있었다. 이제는 어쩔 수 없었다. 이렇게 된 이상 이사장이 감추는 게 뭔지 철저하게 파헤쳐야지. 비밀을 알게 되는 게 도움이 될지 아닐지 모르겠지만, 그래도 모르고 속아 넘어가는 것보다는 낫다. 정현이는 규리에게 고개를 끄덕해 보였다. 규리가 눈치 빠르게 앞장섰다.

선원은 아이들을 선실로 안내하고 곧장 사라졌다. 금세 엔진 소리가 울리며 배가 흔들리는 걸로 봐서는 배를 모는 사람 같았다.

선실도 배의 외관처럼 화려했다. 탄탄해 보이는 테이블이 몇 개 흩어져 있고, 붉은 융단으로 감싼 긴 의자들이 테이블 옆에 놓여 있었다. 먼저 들어온 유택이와 도담이는 벌써 저쪽 구석에 자리를 잡았다. 둘 다 창밖에 시선을 고정한 채 자기만의 세계에 빠져 있었다.

정현이는 이어폰을 귀에 꽂고 배 안쪽 자리로 파고들었다. 햇살이 들지 않아서 집중하기에 좋을 것 같았다. 의자도 달랑 하나라 근처에 아이들이 앉을 수도 없다. 다가오던 규리가 뻘쭘하게 서서 힐끔거리는 게 보였지만 정현이는 못 본 척 시치미를 뗐다. 음악에 빠져 있다고 생각했는지 규리는 다른 테이블로 발걸음을 돌렸다. 정현이는 마음을 가라앉히고 며칠 전 이사장과의 만남을 떠올렸다.

"이사장님, 이러시면 곤란하죠. 저희가 학교 발전을 위해 얼마나 신경을 많이 썼는데요. 아시잖습니까."

엄마의 옷차림은 오늘따라 더 우아했다. 여성스러운 블라우스에 검은색 스커트를 받쳐 입어 날씬한 몸매가 돋보였다. 액세서리가 과하지도 않았다. 작은 다이아몬드가 귀에서 반짝였다. 엄마는 커다란 귀고리나 알이 큰 목걸이를 경멸했다. 돈 자랑을 해야 할 정도로 모자란 사람들이라며 한심하게 여겼다. 물론 돈 이야기도 절대 직접 꺼내는 법이 없었다. 오늘같이 다급한 상황에서도 엄마의 우아함은 흐트러지지 않았다.

정현이는 모범생 분위기를 풍기며 무릎을 가지런히 모으고 두 손을 얌전히 올려놓았다. 이사장과 엄마의 대화 사이에 간간이 미소 띠는 것도 잊지 않았다.

이사장은 번들거리는 땀을 닦으며 고개를 조아렸다.

"늘 감사하게 생각합니다, 정현이 어머님. 저도 정현 양처럼 훌륭한 학생이 이런 불미스러운 일에 휘말리게 된 걸 정말 유감스럽게 생각합니다. 저도 일이 좋은 방향으로 흘러가도록 무척 노력했습니다만, 사안이 사안인지라……. 죽은 학생의 부모가 경찰에 고소하겠다고 덤비지 뭡니까. 아시다시피 그렇게 되면 정말 일이 커집니다. 학교로서도 큰 문제일 뿐 아니라, 정현 양의 미래도 어두워집니다. 정현 양처럼 머리 좋고 우수한 학생의 앞길에 문제가 생겨서야 되겠습니까. 그래서 제가 특별히 정현 양을 생각해서 이번 캠프를 제안한 겁니다. 그러니 부디 양해해 주십시오."

딸의 미래라는 말이 나오자 엄마는 살짝 얼굴을 찌푸렸다.

잘 관리된 얼굴이지만 엄마는 더 이상 젊지 않다. 얼굴을 찌푸리자 눈가의 주름이 제 모습을 드러냈다.

엄마와 이사장은 한동안 말이 없었다. 엄마의 얼굴에서 앞뒤를 재는 계산기 소리가 들리는 듯했다. 이사장은 엄마의 대답을 기다리며 모녀를 번갈아 힐끔거렸다.

정현이는 이사장의 난데없는 고집이 마음에 걸렸다. 참 이상한 일이었다. 이사장은 이번 일을 자기 뜻대로 밀고 나가려는 모양이다. 한 번도 자기 뜻을 고집한 적이 없는 사람인데, 아무리 학교 왕따로 인한 자살이라 해도 학생 하나 빼돌리는 일쯤은 누워서 떡 먹기보다 쉬울 텐데 말이다.

엄마가 관자놀이를 손가락으로 꾹꾹 누르며 조그맣게 한숨을 내쉬었다.

"알겠습니다. 이사장님의 배려, 고맙게 생각합니다. 그런데 캠프는 어디서 진행되나요?"

엄마의 질문에 이사장의 얼굴이 창백해졌다. 이사장은 쉽사리 입을 열지 못하더니 더듬더듬 대답했다.

"저기, 저, 제 별장이 있습니다. 조그만 무인도에. 거기서 단체 상담을 진행할 예정입니다. 전혀 걱정하실 필요 없습니다. 제가 배도 설비가 훌륭한 것으로 예약해 두었습니다. 저를 믿어 주십시오. 무사히 안전하게 상담이 진행되도록 신경 많이 쓰겠……."

"잠깐만요."

엄마가 이사장의 말허리를 뚝 자르고는 못마땅하다는 듯 입을 꾹 다물었다. 어색한 침묵이 이어졌다. 무겁고 답답한 분위기가 흘렀다. 시간이 지날수록 이사장의 얼굴이 허예졌다. 이사장은 눈을 데룩데룩 굴리며 어쩔 줄 몰라 했다.

마침내 엄마가 입을 열었다.

"좋습니다. 정현이, 캠프에 보내겠습니다. 그럼 다른 일은 제가 신경 쓰지 않도록 이사장님께서 잘 마무리 지어 주시리라 믿습니다."

엄마는 말을 마치자마자 자리에서 일어났다. 이사장이 재빨리 일어나 문을 열었다. 이사장은 엄마와 정현이가 방을 나갈 때까지 연신 사람 좋은 미소를 지으며 꾸벅 인사했다. 이사장의 뒤통수를 보고 있으려니 경멸이라는 단어가 정현이 머릿속에 불쑥 떠올랐다.

엄마는 돈이라는 말을 입에 담지 않지만 돈의 힘으로 이사장을 움직였다. 어른들의 세상이 어떻게 움직이는지 정현이는 오래전부터 신물 나게 보아 왔다.

깨끗한 척 우리에게 착하게 살라고 하지만, 정작 자기들은 저따위잖아. 그러니까 나는 잘못이 없어. 잠깐 민선이를 이용했을 뿐인걸. 그게 뭐가 어때서? 엄마도 이사장도 모두 다 하는 일이잖아. 정현이는 비릿하게 웃으며 생각했다.

엄마는 우아한 걸음걸이로 복도를 걸어갔다. 집안 망신시킨 일이 없을 거라는 확신이 들어서일까, 엄마의 발걸음은 가

버워 보였다. 또각또각 하이힐 소리를 내며 걷던 엄마가 갑자기 정현이를 돌아보았다. 엄마는 엄격한 얼굴로 정현이를 훑어보았다.

"허리 펴고 얼굴 표정 다듬고. 제발 실망스럽게 굴지 좀 말았으면 좋겠구나."

한쪽 눈썹이 잔뜩 치켜 올라간 걸 보니 정현이의 옷차림이 마음에 들지 않는 모양이다. 엄마는 절대로 손수 정현이의 옷매무새를 만져 주는 일이 없다. 그저 명령하고 지적할 뿐이었다. 정현이는 소리 지르고 싶은 것을 꾹 참았다. 허리를 바로 펴고 교복 블라우스의 단추를 끝까지 채웠다. 어쩐지 어깨가 가벼웠다. 아뿔싸! 그제야 이사장실에 두고 온 책가방이 생각났다.

정현이는 쭈뼛쭈뼛 입을 열었다.

"저기 엄마, 나 가방을 놓고 왔어. 이사장실에 좀 다녀올게요."

정현이는 겨우 고개를 들고 엄마 눈을 마주 보았다. 엄마 눈에 정현이를 한심하게 여기는 기색이 역력했다. 엄마는 아무 말 없이 고개만 까딱하고 뒤돌아 가 버렸다. 정현이는 재빨리 이사장실을 향해 뛰었다. 엄마는 기다려 주지 않을지도 모른다. 마음이 급했지만 이사장실을 몇 걸음 남겨 놓고 뛰는 걸 멈추었다. 숨을 가다듬었다. 이사장한테 우습게 보일 생각은 추호도 없었다.

교실 문과는 달리 이사장실 문은 진한 밤색을 띤 두터운 나무 문이다. 손잡이에는 교화인 목련까지 큼직하게 새겨져 있다. 정현이는 피식피식 비어져 나오는 비웃음을 억지로 구겨 넣으며 건성으로 이사장실 문을 두드렸다. 들어오라는 말이 없었다. 초조해졌다. 시간이 없다. 엄마 마음이 바뀌어서 혼자 떠나 버리기 전에 가방을 가져와야 한다.

정현이는 살그머니 문을 밀었다. 문이 살짝 열렸다. 문틈으로 이사장의 목소리가 들려왔다. 이사장은 거만한 목소리로 누군가와 이야기하고 있었다. 그새 손님이 왔나? 문을 벌컥 열려다 말고 정현이는 그 자리에 얼어붙었다. 캠프 이야기를 하는 것 같았다. 다른 아이들은 모르고 혼자만 아는 정보가 얼마나 힘이 되는지 정현이는 안다. 정현이는 문틈에 귀를 바짝 댔다.

"말씀하신 대로 준비했습니다. 일곱 명 모두 증상을 보이고 있습니다. 그런데 언제쯤 발병할 것 같습니까?"

'발병?'

정현이는 귀를 쫑긋 세웠다. 다른 사람의 목소리가 들렸다. 젊은 남자 같다. 느릿느릿한 말투가 어쩐지 신경을 긁었다.

"매뉴얼대로라면 발병일은 이번 주 토요일이 될 것 같습니다."

"…… 사망자가 나오는 건…… 전담반에서는 누가 나오는 …… Z 바이러스는……."

이사장의 목소리가 더욱 은근해졌다. 그 바람에 말소리가 띄엄띄엄 들렸다. 정현이는 기를 쓰고 문틈으로 귀를 밀어 넣었다. 고작 캠프일 뿐인데, 사망자는 뭐고 바이러스는 또 무슨 말일까? 왠지 이상한 일에 휘말리는 것 같아 점점 불안해졌다.

갑자기 말소리가 뚝 끊기더니 문이 벌컥 열렸다. 휘청거리는 정현이 앞에 키가 크고 잘생긴 남자가 서 있었다. 열린 문틈으로 정현이를 본 이사장 얼굴이 괴물이라도 본 것처럼 창백해졌다.

"무슨 일이야? 너 언제부터 거기 있었어?"

이사장이 다그치듯 물었다. 정현이가 무슨 이야기를 들었을까 봐 초조해하는 눈치였다.

"방금요. 가방을 안 가져가서."

정현이는 무슨 말인지 모르겠다는 듯 순진한 표정을 지었다. 키 큰 남자가 의심스러운 눈초리로 정현이를 노려봤다. 거짓말을 꿰뚫어 보는 것만 같아 정현이는 시선을 피해 허둥지둥 가방을 집어 들었다.

"안녕히 계세요."

서둘러 인사하고 종종걸음으로 복도를 내달렸다. 남자의 따가운 눈초리가 등 뒤에서 느껴졌다.

"아, 지겨워 죽겠네."

규리 목소리가 정신을 흩뜨렸다. 막 실마리가 잡힐 듯했는데, 짜증이 확 밀려왔다.

"시끄러워! 정신 사나우니까 입 좀 다물어."

정현이는 버럭 소리치고 싶은 걸 겨우 참고 조용히 타일렀다. 지금은 생각을 정리하는 게 더 급했다.

뭔가를 숨기는 듯한 이사장의 표정과 불길한 느낌이 드는 낯선 남자. 어쩌면 집단 상담은 핑계일지도 모른다는 생각이 퍼뜩 들었다. 가슴이 두근거렸다. 말썽의 냄새가 난다. 전혀 뜻밖의 인물인 유택이가 캠프에 참가한 것도 그렇고 미심쩍은 게 한두 가지가 아니다. 이사장은 이 캠프에서 뭘 하려는 걸까? 엄마에게도 드러내지 못하고 감춰야 하는 게 뭘까?

정현이는 고개를 들었다. 차분하게 저만의 세계에 빠져 있는 도담이가 눈에 들어왔다. 배는 흔들리고 아이들은 떠들어 대는데도 도담이는 마치 그곳에 없는 사람처럼 담담해 보였다. 그 모습을 보니 불안했던 마음이 조금씩 가라앉으면서 이사장이 숨기고 있는 게 무엇이든 상관없다는 생각이 들었다. 원하던 대로 민선이는 사라졌다. 물론 일이 조금 잘못돼서 죽어 버렸지만.

배가 크게 출렁거리더니 이내 엔진이 푸르르 소리를 내며 멈췄다. 아이들이 창문으로 몰려갔다.

"도착했어, 정현아. 어서 와 봐. 섬이야."

정현이는 선실 밖으로 나갔다. 코와 입으로 비릿한 바다 냄새가 파고들었다. 허리를 쭉 펴고 고개를 들었다. 가슴이 빠르게 뛰었다. 아이들은 신이 나서 배 밖으로 뛰어나갔다. 둔하고 멍청한 것들. 아이들에게 캠프에 대해 경고해 줄까. 정현이는 잠시 고민했다.

다은이가 느닷없이 팔짱을 끼었다. 그러고는 세상에 둘도 없이 순진한 얼굴로 웃었다. 정현이는 배 속이 차가워지면서 구역질이 났다. 가장 친한 친구를 죽여 놓고도 저렇게 웃을 수 있다니. 한심해서 슬쩍 팔을 뺐다.

"왜? 뱃멀미 나? 어머, 어떡해? 얼른 내리자. 그러면 좀 나아질 거야."

다은이는 정현이 어깨를 감싸더니 배 밖으로 잡아끌었다. 규리가 얼른 정현이 곁으로 뛰어왔다. 다은이와 규리가 서로를 잡아먹을 듯 노려보았다. 자신을 두고 경쟁하는 둘을 보니 갑자기 견딜 수 없이 짜증이 나 정현이는 둘의 팔을 홱 뿌리쳤다. 두 사람은 얼굴이 새파래져서 정현이 뒤를 졸졸 따라왔다.

아이들 틈에 섞여 배에서 내리다 말고 정현이는 그 자리에 얼어붙었다. 선착장에 기대서 있는 키가 크고 잘생긴 남자가 눈에 띄었다. 그 남자였다. 이사장실에서 본 남자. 그 남자와 눈이 마주친 순간 공포가 등줄기를 타고 스멀스멀 기어올랐다. 오지 말걸 그랬다는 후회와 함께.

이규리

아침부터 짜증이 머리끝까지 치솟았다. 아침밥을 먹으면서 아빠와 엄마는 자꾸 눈짓을 주고받았다. 며칠 전부터 범죄자 취급을 하더니 할 말이 또 있나 보다. 규리는 국에 밥을 말아 후루룩 들이켜고 벌떡 일어났다.

"벌써 다 먹었어?"

엄마가 어색하게 웃으며 아빠 옆구리를 슬쩍 찔렀다.

입고 갈 옷을 고르고 있는데 아빠가 슬그머니 방으로 들어왔다. 들어와서도 괜스레 책장을 뒤적거리며 딴청을 피웠다. 어떻게 말을 꺼낼지 몰라 초조한 얼굴이었다. 규리는 모르는 척 시치미를 떼려다 먼저 말을 꺼냈다. 벌써 8시가 다 되어 간다. 어서 빨리 아빠를 내보내고 옷을 챙겨 입지 않으면 지각이다.

"왜? 할 말 있어?"

아빠 표정이 조금 밝아졌다. 규리가 먼저 말을 걸어서 기쁜 눈치였다.

"오늘 캠프 잘 다녀오라고. 아빠가 아빠 딸 규리 사랑하는 거 알지?"

규리가 레깅스를 꺼내며 건성으로 고개를 끄덕이자, 아빠가 목이 졸린 것 같은 소리를 냈다.

"아빠는 이번 일로 규리한테 조금 실망했어. 아빠는 네가 학교에서 잘할 거라 믿었거든. 그런데 어떻게 된 거야. 아빠는 아직도 학교에서 들은 말을 믿을 수가 없어. 그 애가 너희 때문에 자살을 했다니. 그것도 네가 앞장을 섰다니. 아빠는 정말 믿을 수가 없어. 사실이 아닐 거야. 그렇지? 뭔가 잘못된 거지?"

줄무늬 후드를 꺼내 들고 규리는 아빠를 바라보았다. 아빠는 감정을 억누르려 애쓰는 눈치였다. 아빠는 기분이 상한 얼굴로 규리를 물끄러미 바라보며 입을 열었다.

"아빠는 널 도와주고 싶어. 네가 그 아이를 괴롭혔다는 말도 믿고 싶지 않아. 아빠가 보기에는 규리 네가 뭔가를 숨기고 있는 것 같아. 아빠는 기다릴게. 준비가 되면 아빠한테 말해 줘, 알았지?"

가슴이 뜨끔했다. 규리는 얼굴에 속마음이 드러나기 전에 서둘러 고개를 끄덕였다. 의외로 시원스러운 반응에 아빠는 크게 만족한 모양이다. 아빠는 규리 머리를 쓱쓱 쓰다듬고는 서둘러 방에서 나갔다. 아빠가 나가자마자 규리는 방문을 잠갔다.

욕이 절로 나왔다. 규리는 자기가 뭘 그리 잘못한 건지 알 수가 없었다. 감옥같이 좁은 교실에 하루 종일 있다 보면 싫은 사람이 생기기도 하는 거다. 싫은 사람을 싫다고 한 게 죄인가? 싫으니까 욕도 하는 거고, 싫으니까 같이 어울리기 싫은 거다.

규리는 서둘러 옷을 입고 서랍에서 아껴 두었던 링 귀고리를 꺼냈다. 정현이가 쇼핑몰에서 사 준 거다. 귀에 거니 링에 박힌 큐빅이 반짝이는 게 정말 세련돼 보였다. 옷도 잘 어울리고 머리와 귀고리도 괜찮고. 어머, 여드름이 두 개나 더 늘었잖아. 괜한 신경을 써서 피부가 엉망이 됐다. 어차피 죽은 애는 죽은 애다. 지난 일은 빨리 잊는 게 피부 건강에도 좋다. 규리는 여드름 위에 파우더를 두어 번 두드리고 가방 주머니에 여드름 약을 쑤셔 넣었다.

조금 늦었지만 다행히 아무도 배에 타지 않았다. 모두 따분한 표정이다. 규리는 선착장으로 통하는 계단을 내려가며 주위를 휙 둘러보았다. 아이들과 하얀 배 한 척 말고는 개미 한 마리도 보이지 않았다. 선착장치고는 이상하게 단정한 느낌이 들었다. 개인 선착장인지, 회색 페인트로 칠한 난간은 벗겨지거나 녹슨 곳이 한 군데도 없다. 배를 기다리기 편하게 차양이 드리워진 긴 의자도 세 개나 놓여 있다.

선착장 구석 의자에 뚝 떨어져 앉아 있는 유택이와 도담이가 보였다. 가운데 의자 주위로 아이들이 몰려 있는 걸 보면 거기에 정현이가 앉아 있나 보다. 아이들에게 가려서 정현이 모습은 보이지 않았다. 규리는 머리칼로 귀고리를 가리며 선착장을 샅샅이 살폈다. 어디에도 선생은 없었다. 불안했던 마음이 싹 가셨다. 역시 귀고리를 하고 오길 잘했다는 생각이 들었다. 규리는 머리칼을 귀 뒤로 넘기고 정현이를 향해 걸음을 옮겼다.

"왔어?"

태은이가 규리를 보며 밝게 웃었다. 작고 통통한 태은이는 패거리의 귀염둥이다. 언제나 생글생글 말도 예쁘게 하기 때문에 규리도 태은이를 아주 좋아했다. 규리는 태은이와 팔짱을 끼고 정현이에게 고개를 돌렸다. 눈살이 저절로 찌푸려졌다. 정현이 곁에 껌딱지처럼 달라붙은 다은이 때문이다. 규리는 애써 표정을 가다듬고 정현이에게 인사했다. 언제 봐도 정현이는 멋있다. 다은이가 보란 듯이 정현이의 팔짱을 꼈다. 정현이는 불편하다는 듯 슬그머니 자리에서 일어났다.

'고거 쌤통이다.'

규리는 기분이 좋아 히죽 웃었다. 다은이는 울상이 돼서 고개를 푹 숙였다. 혜진이와 태은이도 눈을 마주치며 시시덕거렸다. 다은이는 눈치가 없다. 정현이가 마음에 들어서 지를 패거리로 끌어들인 줄 착각하고 있다. 하지만 아이들 중에 그렇게 생각하는 사람은 아무도 없다. 아이들은 모두 알고 있다. 정현이가 '떨거지 오다은'을 패거리로 끌어들인 이유를.

선실 안은 시끌시끌했다. 태은이가 같이 놀자며 손짓을 했지만 규리는 애매하게 웃으며 자리를 피했다. 아무렇지 않게 웃고 떠들 기분이 아니었다. 할 일 없이 앉아 있으려니 자꾸만 그날 일이 생각났다. 커튼에 휘감긴 민선이의 얼굴이 아른거렸다. 정현이는 뭐 하나 고개를 돌리다가 의자에 누워 있는 다은이를 보았다. 속 편하게 잠든 모습을 보니 속에서 뜨거운 게 울컥 올라왔다.

'이게 다 누구 때문인데.'

규리는 잠든 다은이를 내려다보며 발을 지그시 밟았다. 다은이는 아픈지 끄응 소리를 내며 눈을 떴다. 규리와 눈이 마주치자 다은이는 귀신이라도 본 것처럼 놀랐다. 규리는 어이가 없었다. 늘 약한 척 피해자인 척하지만 누구보다 음흉하고 약아빠진 속내를 규리는 빤히 알았다.

규리는 목소리를 낮춰 비아냥거렸다.

"야, 오다은. 네년은 참 태평도 하다. 이 와중에 잠이 오냐? 머리도 나쁜 게 양심도 없어."

다은이가 살기등등한 얼굴로 규리를 째려보더니 귀고리를 확 잡아당겼다.

"으악!"

규리는 귓불을 감싸며 찢어져라 비명을 질렀다. 격렬한 아픔이 귓불에서 목으로, 머리 꼭대기로 빠르게 퍼졌다. 다은이는 그 틈을 타고 선실 밖으로 뛰어나갔다.

'너 두고 봐. 오늘이야말로 순진한 척하는 네 얼굴에서 가면을 벗겨 주고 말 테다.'

규리는 귀를 감싼 채 다은이를 따라갔다. 귓불에서 쿵쿵 심장이 뛰나 싶더니 머리가 점점 뜨끈해졌다. 규리가 우악스럽게 다은이 어깨를 낚아챘다. 다은이가 복도에 나동그라졌다.

"야! 너 뭐야? 나머지 귀도 찢기고 싶어?"

다은이가 악을 썼다.

"오호라! 드디어 오다은 실체가 드러나는데! 어디 정현이 앞에서도 한번 그래 보시지, 왜? 버림받을까 봐 자신이 없냐? 그렇게 잘 보이려고 발악해 봤자 조만간 쫓겨날걸 뭘 그렇게 노력을 하냐. 속 빤히 들여다보이게, 쯧쯧쯧. 네년을 패거리에 들인 건 순전히 민선이 그 계집애 때문인 거 네년도 알 거 아냐. 이제 쓸모가 없어졌으니 갖다 버리는 게 당연하잖아? 어차피 넌 쓰레기에 존재감 없는 그림자였잖아. '떨거지 오다은.' 킥킥. 이제 다시 네년 자리로 돌아가게 돼서 기쁘겠다, 무지. 킥킥킥."

규리는 마음속에 담아두었던 말을 쏟아 내며 잔인한 기쁨을 느꼈다. 속이 시원했다.

다은이가 얼굴을 일그러뜨리며 소리쳤다.

"아니야! 아니야아아!"

그러더니 달려들어 규리의 팔을 물어뜯었다. 다리가 휘청거려 규리는 뒤로 꽝 넘어졌다. 머리가 어질어질하며 눈앞에 검은 점이 가득 떴다. 규리는 물고 늘어지는 다은이를 가까스로 떼어 내고 자리에서 일어났다. 뒷머리가 쿵쿵 울리면서 자꾸만 정신이 아득해졌다.

다은이가 부들부들 떨며 말했다.

"너 조심해. 나 다 봤어. 그날, 민선이가 죽던 날 말이야. 네가 커튼에 휘감긴 민선이를 밀었지? 너 민선이 뒤에 있었잖아. 아무도 못 본 줄 알았지? 나 다 봤어. 봤다고! 그러니까 죽은 듯 가만있는 게 좋을 거야. 자꾸 까불면 확 다 불어 버릴 테니까. 알았어?"

규리는 힘껏 소리쳤다.

"아니야, 그건 네가 잘못 본 거야. 나는 그저 장난을 조금 쳤던 것뿐이야. 옆구리를 살짝 찌르긴 했지만 민선이는 꼼짝도 하지 않았어. 오히려 민선이가 나를 물어뜯으려고 했단 말야!"

규리는 퍼렇게 부어오른 민선이 얼굴을 떠올렸다. 섬뜩한 핏빛 눈과 소름 끼치는 신음 소리가 생생히 살아났다.

"아니야, 넌 몰라. 그게 아니야! 아니야아아아!"

규리는 필사적으로 고개를 흔들었다. 온몸을 사시나무처럼 떨었다. 머릿속에서 뭔가가 툭 끊어지더니 눈앞이 깜깜해졌다. 멀리서 복도를 뛰어오는 아이들 발소리가 들렸다. 누군가의 부드러운 손이 규리의 머리를 받쳐 주었다. 규리는 그제야 마음껏 소리 내어 울기 시작했다.

정유택

선실 밖에서 뭐가 와당탕 쓰러지는 소리에 유택이는 고개를 들었다. 재잘거리며 쉴 새 없이 떠들던 아이들도 쥐 죽은 듯 조용해졌다.

"뭐야?"

정현이가 이어폰을 귀에서 잡아 빼며 물었다. 그렇게 큰 소리는 아니었는데 금방 알아차린 걸 보면 여느 때처럼 음악을 듣는 척했던 게 분명하다.

언제 봐도 정현이는 음흉스러운 구석이 있다. 가느다란 몸매와 곱상한 얼굴 때문이겠지만 정현이는 남자아이들에게도 인기가 많다. 그래서 학기 초마다 정현이네 반 주위를 서성거리는 아이들이 꽤 있다. 하지만 며칠 안 지나 정현이가 남다르다는 걸 눈치채게 된다. 정현이가 유별난 짓을 하거나 꼴통이어서는 아니다. 정현이가 남자아이들한테는 이상하리만치 관심을 보이지 않기 때문이다. 그렇다고 정현이가 요즘 말로 '이반'인 건 아니다. 그건 누구보다 유택이가 잘 알고 있다. 둘은 아주 어려서부터 같이 자란 사촌 사이니까. 정현이는 그저 자기가 원하는 걸 얻어다 줄 여자아이들이 필요할 뿐이다.

정현이가 사람들을 이용하는 모습은 물속을 헤엄치는 물고기처럼 자연스럽다. 이모의 철저한 교육 덕분일 거라고 유택이는 생각했다. 정현이는 글자보다 사람 다루는 법을 먼저 배

우기 시작했으니까. 본능적으로 자기가 원하는 걸 얻기 위해 누구를 이용해야 할지 누구와 친하게 지내야 할지 아는 게 당연했다.

선실 밖으로 나가 보니 다은이와 규리가 서로를 잡아먹을 것처럼 노려보고 있었다. 저 둘은 지겹지도 않나. 유택이는 머릿속으로 부지런히 분류 파일을 뒤적였다. 유택이는 주변 사람들을 성격별로 분류하기를 즐겼다. 일정한 거리를 유지하며 다른 사람을 관찰하는 것은 참으로 재미있는 일이다. 살기 위해서 꼭 필요한 일이기도 하다.

유택이는 규리를 호르몬 과다 분비 환자로 분류해 놓았음을 떠올렸다. 호르몬 과다 분비에 감정 과잉. 질투가 심한 데다 소유욕이 강하고 감정을 거침없이 드러내는 아이.

유택이는 혀를 쯧쯧 차며 선실로 돌아가려다 멈추어 섰다. 정현이 표정이 이상했다. 평소 같지 않게 얼굴에 심한 동요의 흔적이 보였다.

다은이와 규리가 싸우는 건 흔한 일이었다. 다은이가 정현이 패거리에 들어가고부터 규리의 견제가 심해졌기 때문이다. 유택이는 둘의 싸움이 규리의 일방적인 승리로 끝날 거라 여겼다. 그런데 순진해 보이던 다은이의 성격이 의외로 만만치 않았다. 호박씨를 깐다고 해야 할까, 연기를 잘한다고 해야 할까. 아무튼 그 덕에 다은이와 규리의 다툼은 끊임없이 이어졌다.

정현이의 시선을 따라가다 유택이는 멈칫했다. 붉게 물든 규리의 눈. 규리는 흰자위가 핏빛으로 물든 채 다은이를 노려보고 있었다.

"규리야, 피 나. 다쳤어?"

태은이가 규리의 팔을 잡았다. 아이들이 웅성거리기 시작했다.

"어머머, 이거 이빨 자국 아냐?"

"심하다. 피 많이 나."

"안 아파?"

아이들은 제멋대로 한마디씩 내뱉더니 앞에 서 있는 다은이를 노려봤다.

"네가 이랬지?"

다은이는 고개를 숙인 채 입을 열지 않았다. 아이들이 계속 닦달하자 침묵은 어느새 흐느낌으로 바뀌었다. 다은이의 어깨가 조금씩 떨렸다. 하지만 다은이가 진짜 우는지 어떤지는 알 수 없다.

잠자코 있던 정현이가 태은이와 혜진이에게 규리를 부탁했다. 정현이 목소리가 무슨 신호라도 되는 듯 지금까지 멀쩡하던 규리가 울음을 터뜨리며 뒤로 넘어갔다.

"야, 유택아! 좀 도와줘."

태은이가 땀을 뻘뻘 흘리며 말했다. 여자아이 둘의 힘으로는 규리를 옮길 수 없는 모양이다. 유택이는 할 수 없이 규리를 등에 업었다. 업히자마자 규리는 정신을 잃었는지 등에서 축 늘어졌다. 잡을 곳이 마땅치가 않았다. 유택이는 규리 엉덩이에 손바닥이 닿을까 봐 깍지 낀 손을 뒤집어 엉덩이에 댔다. 엉거주춤한 자세로 업었더니 그러잖아도 덩치가 큰 규리가 자꾸만 등에서 미끄러져 내렸다. 앞장선 아이들은 규리가 미끄러지든 유택이가 땀을 뻘뻘 흘리든 아랑곳 않고 재잘재잘 수다만 떨어 댔다.

"너, 그 소문 들었어?

태은이가 둥근 뺨을 실룩이며 물었다.

"무슨 소문?"

혜진이가 태은이에게 바짝 다가서며 물었다. 유택이는 침대에 규리를 내려놓으며 무심한 척 귀를 기울였다. 태은이가 유택이를 힐끔거리며 머뭇거리더니 어깨를 으쓱했다. 들어도 별 문제 없겠다고 생각했는지 정현이 사촌이라고 봐주는 건지, 태은이가 입을 열었다.

"있지, 오다은 말야. 걔가 민선이 소문 퍼뜨렸잖아. 민선이가 도둑질하고 다닌다고."

"그랬지. 민선이가 정현이 엠피스리를 자기 가방에 넣는 거 봤다고 담임한테 일러바쳤잖아. 반 아이들 앞에서 보란 듯이 민선이 가방에서 꺼냈잖아. 그런데 그게 뭐?"

혜진이가 대수롭지 않다는 듯 물었다. 태은이 목소리가 좀 더 은근해지자, 혜진이가 태은이 쪽으로 몸을 바짝 붙였다.

“그게 사실은, 규리가 민선이 가방에 넣은 거래. 규리가 오다은을 살살 꼬여서 민선이 골탕 먹인 거래.”

혜진이가 규리를 힐끔 살폈다. 규리가 잠든 걸 확인한 혜진이의 목소리가 조금 커졌다.

“규리랑 오다은이 왜? 걔네 둘은 개랑 고양이처럼 싸우잖아. 그게 말이 돼?”

태은이가 혀를 쯧쯧 찼다.

“너 하나만 알고 둘은 모르는구나. 그야 민선이 골탕 먹여서 정현이한테 점수 따려고 그런 거지. 아마 규리는 민선이 골탕 먹이고 나서 오다은을 떼어 내려 한 것 같은데 잘 안 된 거지. 오다은 걔가 눈치가 없잖아. 아무리 구박을 하면 뭐해? 자기가 구박받는 줄도 모르는데, 킥킥.”

태은이와 혜진이가 고개를 끄덕이며 키득댔다.

유택이는 다은이의 연기 실력에 감탄했다. 태은이는 순하고 성격이 둥글둥글한 것 같지만 의외로 날카로운 구석이 있었다. 앞으로 나서는 걸 싫어해서 그렇지 머리도 꽤 좋았다. 그런 태은이한테도 다은이가 멍청하고 눈치 없는 데다 여리기까지 한 아이로 보이는 거다.

태은이는 뒤척이는 규리를 빤히 보면서 말을 계속했다.

“그런데 규리가 민선이를 괴롭힌 이유가 하나 더 있는 거 알아?”

“그게 뭔데?”

혜진이가 소곤소곤 물었다. 어쩐지 태은이 목소리가 심상치 않았다. 유택이는 고개를 돌리다 태은이와 눈길이 딱 마주쳤다. 태은이가 유택이 표정을 보더니 픽 웃었다.

“어머, 바른 사나이 유택이도 소문에 관심 있어?”

“이유가 뭔데?”

유택이가 재촉하듯 묻자 태은이가 별일이라는 듯이 어깨를 으쓱했다.

“그야 담임 때문이지. 담임이 유난히 민선이만 예뻐했잖아. 그건 너도 알지?”

유택이는 고개를 끄덕였다. 태은이의 말은 반 아이들 모두 알고 있는 사실이었다.

“그거 모르는 사람도 있냐? 그게 뭐 대수라고.”

“물론 그건 모두 다 아는 사실이지. 하지만 이건 몰랐을걸? 규리가 담임을 엄청 좋아한 거.”

혜진이의 눈이 커졌다.

“좋아하다니? 그게 무슨 소리야?”

태은이는 규리를 한 번 힐끔 보더니 목소리를 낮추었다.

“너희들 정말 몰랐어? 규리가 담임한테 예쁨받고 싶어 얼마나 안달이었는데. 규리 쟤가 원래 관심종자잖아. 그런데 담임이 대놓고 민선이만 예뻐하니까 이를 박박 간 거지.”

왜 그렇게 다른 사람한테 인정받고 싶어 하는지 유택이는 이해할 수 없다. 어차피 사람은 혼사다. 누군가를 이해하는 것도, 누군가에게 이해를 받는 것도 불가능하다. 적당한 거리를 유지하면서 누구에게나 좋은 사람으로 남는 게 가장 좋다. 기분 나쁜 소리를 할 필요도 없고 다른 사람 때문에 기분 나쁠 필요도 없다. 그저 하는 말에 적당히 맞춰 주고 적당히 좋은 모습만 보여 주면 된다. 예민하고 상처받기 쉬운 성격을 감추는 데 이보다 좋은 방법은 없다.

게다가 특별히 가까운 사람도 먼 사람도 없이 철저하게 한 걸음 떨어져 있다 보면 의외로 더 많은 것이 보이는 법이다. 예를 들면 다은이의 진짜 모습 같은 거 말이다. 여리게만 보이는 다은이의 진짜 모습을 아는 사람이 몇 명이나 될까? 아마 정현이와 자기 둘뿐일 거라고 유택이는 생각했다. 유택이는 그날을 떠올렸다. 추하게 드러난 다은이의 진짜 모습을 목격한 날 말이다.

민선이는 벌벌 떨고 있었다. 민선이 엄마가 술집을 한다는 소문이 학교에 퍼진 날, 민선이는 벌벌 떨며 다은이에게 물었다.

"왜? 왜 그랬어? 너만 아는 비밀이었잖아. 그런데 네가 왜? 넌 내 단짝이잖아."

다은이는 울고 있었다. 하얗게 질려서 안쓰러운 모습으로 눈물을 뚝뚝 흘렸다.

"너 왜 그래? 왜 나한테 뒤집어씌워? 너무해, 흑흑. 너무하다고."

그즈음 유택이는 민선이를 관찰하는 재미에 푹 빠져 있었다. 그날도 유택이는 복도 위 계단참에서 둘을 조심스럽게 지켜보고 있었다. 얼핏 보면 민선이가 다은이를 몰아세우는 것처럼 보였다. 아이들이 민선이 곁을 지나치며 수군댔다. 그 엄마에 그 딸이라고. 하지만 유택이는 보았다. 아이들이 사라지고 난 뒤 순식간에 바뀌던 다은이의 얼굴을. 소름 돋는 모습이었다.

다은이는 입술을 일그러뜨리며 웅얼거렸다.

"어디 가서 죽어 버리지그래?"

그 무렵 정현이는 민선이와 단짝이던 다은이를 끌어들여서 민선이를 괴롭히고 있었다. 다은이는 인기 있는 패거리에 들어갔다는 기쁨에 주저 없이 민선이를 괴롭혔다. 유택이가 민선이에게 호기심을 가지게 된 것은 바로 그 때문이었다.

유택이는 정현이를 아주 잘 알았다. 정현이는 다은이처럼 앞뒤가 다른 아이를 질색했다. 정현이가 다은이의 성격을 몰랐을 리 없다. 그런데도 다은이를 고르다니 정현이답지 않았다. 정현이라면 다은이를 패거리에 끼워 넣지 않고도 얼마든지 민선이를 학교에서 쫓아낼 수 있었을 거다. 시간은 좀 걸렸겠지만 말이다. 그러니 다은이를 패거리에 끼워 넣은 이유는 단 하나다. 민선이를 하루빨리 쫓아 버리고 싶었다는 것.

왜 그렇게 서두른 걸까? 도대체 민선이의 어떤 점이 정현이를 자극했을까? 민선이의 어디가 그렇게 싫었던 걸까?

유택이는 아이들에게 인사를 하고 방을 나왔다. 복도 끝에 다은이와 팔짱을 끼고 있는 정현이가 보였다. 정현이와 눈이 딱 마주쳤다.

"안녕, 사촌."

정현이가 부루퉁하게 인사를 했다. 유택이는 천천히 정현이에게 다가갔다. 시간은 충분하다. 정현이의 비밀을 알아내기에 넘치도록 충분하다.

2부

Z 캠프

서도담

도담이는 배가 섬에 닿자마자 재빨리 해변으로 달려 나갔다. 배는 끔찍했다. 크기만 컸지 먹을 거 하나 없는 배 안에 세 시간이나 갇혀 있었더니 속이 울렁거렸다.

"거기들 서 봐. 모두 일곱 명 맞지?"

배 앞에서 한 남자가 아이들을 맞았다. 깜짝 놀랄 만큼 키가 컸다.

"나는 너희들의 캠프를 책임질 교관이다. 오느라 힘들었지?"

"어머, 잘생겼어."

"멋있나!"

아이들이 꺅꺅거리며 호들갑을 떨었다. 교관이 마음에 드는 모양이다. 아까 쓰러졌다던 규리까지 희미하게 웃는다.

도담이는 피식 웃었다. 이런 상황에서도 잘생긴 남자를 밝히다니 기가 막혔다. 이 캠프에 왜 왔는지 다들 잊은 모양이었다. 저 아이들, 뇌가 있기는 한 걸까.

"자, 그럼 다 왔나 볼까?"

도담이는 아이들 이름을 차례차례 부르는 교관을 뚫어져라 쳐다보았다. 절도가 밴 몸가짐과 태도가 잘 훈련받은 군인을 떠올리게 했다. 교관은 실실 웃으며 아닌 척하고 있지만 군인의 딸인 도담이의 눈을 속일 수는 없었다.

옆에서 유택이가 도담이 어깨를 꾹 찔렀다.

"야, 너 부르잖아."

정신을 차려 보니 교관이 도담이를 가리키고 있었다.

"네가 서도담이니?"

"아, 네."

도담이가 고개를 끄덕이자 교관은 만족스러운 얼굴로 아이들 이름을 다시 부르기 시작했다. 오다은, 이규리, 구혜진, 박정현…….

출석을 부르던 교관의 표정이 갑자기 묘해지더니 정현이를 뚫어져라 바라보았다. 정현이도 마치 귀신이라도 본 것처럼 새하얗게 질린 얼굴이다. 잠시 정현이를 노려보던 교관은 가볍게 손을 흔들며 재미있다는 듯 웃었다.

"너구나? 또 만났네. 반갑다."

말로는 반갑다고 하면서도 정현이를 보는 눈빛이 차가웠다. 정현이도 서둘러 표정을 가다듬더니 꾸벅 인사를 했다. 아이들이 우르르 정현이 곁으로 몰려가 질문을 퍼부었다.

"어머, 정현아. 너 교관님이랑 아는 사이야?"

"언제부터 알아? 어디서 만났는데?"

정현이는 고개를 한쪽으로 살짝 기울이며 피식 웃었다.

"비밀! 안 알려 주지."

아이들이 까르르 웃음을 터뜨렸다. 아이들은 정현이 곁에 모여 교관과 정현이가 언제 만났는지 알아맞히느라 여념이 없었다.

도담이는 유택이를 힐끔 돌아보았다. 유택이의 얼굴도 딱딱하게 굳어 있었다. 이상한 낌새를 챈 사람은 도담이와 유택이 둘뿐인 것 같다. 정현이는 여느 때처럼 무표정하게 아이들 틈에 끼어 있었다. 별일 아닌 것처럼 굴지만 뭔가를 감추려는 기색이 역력했다.

"자, 일곱 명 다 왔으니 이제 가자."

교관은 씩씩한 걸음으로 해변을 빠져나갔다. 아이들도 떠들썩하게 교관 뒤를 따라갔다.

"저 사람 정체가 뭐야?"

도담이는 제 옆을 스쳐 가는 정현이에게 물었다. 궁금해서 묻지 않을 수가 없었다. 정현이는 움찔하며 도담이를 빤히 보았다. 정현이는 나오려는 울음을 간신히 참는 것처럼 입술을 달싹였다.

"여기서 무슨 일이 일어날 거야. 조심해, 도담아."

도담이는 활짝 열려 있는 유리문을 지나 일 층 강당으로 들어갔다. 짐을 여기저기 흩어 놓은 채, 아이들은 의자에 앉아 빈둥거리고 있었다. 교관은 어디에도 보이지 않았다.

도담이가 들어서자 태은이가 알은척을 했다.

"저쪽에 먹을 거 있으니까 마음대로 꺼내 먹으래. 점심이래."

벽에 커다란 냉장고가 보였다. 그러잖아도 갈증이 나던 참에 잘됐다 싶었다. 도담이는 냉장고 문을 활짝 열었다. 탄산음료와 물, 샌드위치가 수북이 쌓여 있었다. 콜라를 꺼내 한 모금 마셨다. 울렁거리는 속이 가라앉더니 그제야 머리가 돌아가기 시작했다. 건물 전체가 조용한 걸 보면 다른 팀은 없는 것 같았다.

도담이는 천천히 강당 안을 둘러보았다. 정현이 패거리가 강당 가운데에 모여 쑥덕거리고 있었다. 자기를 힐끔거리는 아이들을 보며 도담이는 오늘 밤에는 방문을 꼭 잠그고 자야겠다고 생각했다.

아이들의 눈초리가 부담스러워 도담이는 강당 밖으로 슬그머니 빠져나갔다.

"어디 가니?"

뒤돌아보니 유택이가 배낭을 메고 서 있었다. 단색 셔츠에 면바지. 여느 때처럼 튀지 않는 얌전한 옷차림이다. 배낭이 홀쭉한 걸 보니 갈아입을 옷도 가져오지 않은 모양이다. 얌전하고 성실한 얼굴만 보면 영락없는 모범생이다. 어릴 때 가까웠던 사이가 아니라면 도담이도 유택이를 그저 그런 소심한 모범생으로 생각했을 거다.

유택이와 정현이는 많이 닮았다. 둘은 사람들의 숨겨진 속내를 들여다보고 약점을 찾아내기를 즐겼다. 다른 점이 있다면, 정현이는 그 점을 공공연히 드러내서 자기 힘을 과시하지만 유택이는 얌전하고 소심해 보이는 얼굴 뒤에 능구렁이 같은 속내를 숨긴다는 것이다. 뭔가를 숨기기 좋아한다는 점은 나랑 닮았지, 하고 도담이는 뇌까렸다. 이제 더는 셋이 어울려 다니지 않지만, 유택이를 생각할 때마다 도담이는 가슴 한구석이 아렸다.

'나랑 닮아서 이런 마음이 드는 거야. 다른 감정은 아니야.'

도담이는 술렁거리는 마음을 다독였다.

"아까 정현이가 뭐래?"

유택이가 복도를 힐끔거리며 목소리를 낮췄다. 도담이는 어깨를 으쓱했다. 숨겨 봤자 소용없다. 유택이라면 조만간 정현이를 들들 볶아 알아내고 말 거다.

"여기 이상하대. 조심하래."

유택이의 표정이 심상치 않아 도담이는 기분이 찜찜해졌다. 정현이가 생각 없이 말하지 않는다는 건 알고 있었지만 캠프가 싫어서 투정 부리나 보다 했다. 정현이 패거리가 뭔가를 꾸미고 있겠거니 했다.

"여기 진짜 좀 이상하지 않니?"

유택이가 복도 벽을 손으로 쿵쿵 두드리며 말했다. 텅텅, 속이 빈 철판 소리가 났다. 도담이는 어깨를 으쓱하며 입을 삐죽였다.

"건물을 싸구려로 만들었나 보다. 자다가 무너지는 건 아니겠지?"

"어라? 정말 이상하네? 이리 와 봐."

유택이가 강당 문 옆에서 도담이에게 손짓을 했다.

"강당 모양 좀 봐. 부채꼴이지?"

도담이는 아이들이 둘러앉아 있는 강당을 찬찬히 둘러봤다. 베이지색 벽에는 흔한 그림 한 점 걸려 있지 않았다. 팔을 뻗어야 겨우 닿을 만한 곳에 가로로 길쭉한 창문이 작게 나 있을 뿐이다. 길기만 한 창문으로는 어린아이도 지나갈 수 없을 것 같다. 불이라도 나면 어쩌려고 창문을 저따위로 만들었을까 싶었다. 게다가 창문에는 철창을 이중으로 둘렀다. 저렇게 좁은 창문으로 누가 들어온다고. 도담이는 강당 뒤편에 서서 가만히 방의 모양을 가늠했다. 유택이 말대로 앞쪽으로 갈수록 조금씩 좁아지는 완만한 부채꼴이었다.

유택이가 도담이를 복도로 잡아끌더니 주위를 두리번거리며 소곤댔다.

"내 말이 맞지?"

"그런데 그게 뭐?"

"잘 생각해 봐. 이 건물, 동그란 모양이야."

"그랬어?"

유택이는 배낭에서 노트를 꺼내더니 몇 겹의 원을 그렸다. 도담이가 영문을 모르겠다는 표정을 짓자, 노트를 눈앞에 들이대며 조곤조곤 설명했다.

"일 층 구조야. 봐, 이 복도에 안쪽으로 방이 두 개 있어. 저쪽 방도 이 방이랑 똑같이 부채꼴일 거야. 그리고 바깥쪽 벽을 따라 작은 방이 여러 개 있지? 아마 우리가 잘 방일 거야. 그러면 숨겨진 공간이 하나 나오지?"

유택이가 맨 안쪽에 그린 작은 원을 손가락으로 가리켰다. 별걸 가지고 까탈을 부린다 싶어 도담이는 손사래를 쳤다.

"창고나 뭐 그런 거겠지."

"너 강당 안에서 문 봤어? 창고 문 달린 거 봤냐고."

도담이는 강당 안 구조를 떠올렸다. 없었다. 문 따위는 없었다. 있는 거라곤 페인트칠을 한 벽뿐. 의아한 표정으로 유택이를 보았다. 유택이는 장난기 섞인 얼굴로 씨익 웃었다. 하지만 눈은 웃고 있지 않았다. 도담이는 유택이가 왜 이런 소리를 하는지, 강당 안에 뭐가 있냐는 건지 이해할 수 없었다.

"그럼, 넌 뭐가 있다는 뜻이야?"

유택이는 도담이를 한참 보더니 뭔가를 이야기하려다 말고 고개를 저었다.

"나도 몰라. 그냥 신경이 쓰인다는 거야. 괜한 소리 했다. 들어가자, 저기 교관 온다."

유택이는 자기 혼자 지껄이고는 강당으로 쑥 들어가 버렸다. 어이가 없어 멍하니 서 있는데, 교관이 어깨를 툭 쳤다.

"뭐 하냐? 안 들어가고."

도담이는 교관 뒤를 따라 강당으로 들어갔다. 아이들의 눈이 도담이에게 쏠렸다. 싸늘한 눈초리에 숨이 턱 막히는 듯했다. 도담이는 허리를 쭉 펴고 고개를 꼿꼿이 들었다. 길고 지루한 캠프가 될 것 같았다.

이규리

규리는 가방을 바닥에 털썩 내려놓았다. 조금 나아졌지만 여전히 머리가 지끈거리고 뒷목이 뻣뻣했다. 아이들한테 질질 끌려오느라 캠프장이 어떻게 생겼는지, 여기가 뭐하는 방인지 알 수 없었다. 눈앞이 자꾸 빙글빙글 돌았다. 규리는 눈을 감은 채 의자에 미끄러지듯 앉았다.

"규리, 너 콜라 좋아하지? 좀 마셔 봐."

규리는 슬그머니 눈을 떴다. 태은이가 콜라를 내밀며 걱정스러운 표정을 짓고 있었다. 기운이 없어 들릴락 말락 조그만 목소리로 고마워, 인사했다. 콜라를 쭉 들이켰다. 시원한 탄산이 입 안에서 팡팡 터졌다. 기운이 좀 나는 것 같아 자세를 고쳐 앉았다. 갑자기 속이 울렁거리며 토할 것 같았다.

규리는 벌떡 일어나 화장실을 찾아 강당 밖으로 뛰어나갔다. 다행히 화장실은 바로 옆에 있었다. 가장 가까운 칸으로 들어가자마자 왈칵 속에 있는 걸 게워 냈다. 먹은 게 별로 없어서인지 계속 물만 나왔지만, 헛구역질도 힘들긴 마찬가지였다.

변기에 매달린 지 얼마쯤 됐을까. 드디어 구역질이 가라앉았다. 변기 뚜껑 위에 축 늘어져 있는데 옷에 점점이 튄 토사물이 보였다. 규리는 욕을 내뱉으며 세면대로 갔다. 얼굴에도 튀었는지 역한 냄새가 코를 찔렀다. 거울에 얼굴을 비춰 보다 흠칫 놀랐다. 눈이 빨갰다. 토끼 눈도 이보다 빨갈 순 없을 거다. 거울에 얼굴을 들이대고 검지로 오른쪽 눈꺼풀을 뒤집었다. 넘어지면서 흰자위의 핏줄이 터진 듯했다.

"오다은, 이년. 오늘 너 죽었어. 아주 끝장을 내 줄 테다."

화가 치밀어 올랐다. 손까지 바르르 떨렸지만 규리는 꾹 참았다. 언제까지 화만 내고 있을 수는 없었다. 얼른 닦아야 오다은을 손봐 줄 수 있다. 규리는 서둘러 수도꼭지를 틀었다.

쿠르쿠르 소리를 내며 수도꼭지 끝에서 물이 꿀렁 비스러지듯 터져 나왔다. 핏기가 싹 가시면서 소름이 돋았다. 수도꼭지를 잡았던 손을 황급히 떼고 세면대에서 펄쩍 두어 걸음 물러섰다. 감전된 듯 찌릿찌릿한 느낌이 허리를 타고 뒷목으로 빠르게 올라갔다. 웅웅 귓전에 울리는 물소리와 함께 화장실 안쪽에서 으르릉 동물 소리가 났다. 가슴속 깊은 곳에서 두려움이 뿜어져 나왔다. 규리는 미친 듯이 비명을 지르며 강당으로 뛰어들었다.

"왜 그래, 규리야?"

태은이가 벌떡 일어나 규리에게 다가왔다. 규리는 몸을 벌벌 떨며 태은이를 껴안았다. 부축하던 태은이가 기겁을 하며 규리를 홱 밀어냈다.

"꺄아악! 저리 가!"

태은이와 규리를 번갈아 보던 아이들의 시선이 규리 얼굴에 꽂혔다. 비명 소리가 여기저기서 폭탄처럼 터졌다.

"무슨 일이야?"

등 뒤에서 느릿느릿한 목소리가 들렸다. 규리는 바닥에 널브러진 채 고개를 돌렸다. 교관과 유택이, 도담이가 문 앞에서 있었다.

태은이가 손가락질을 했다.

"규리 눈, 눈 좀 보세요."

교관이 성큼 다가왔다. 규리의 눈을 꼼꼼히 살펴보더니 쓰윽 머리를 쓰다듬으며 규리를 일으켰다.

"괜찮아. 피곤해서 그래."

아이들이 규리 곁으로 몰려들었다. 태은이가 규리의 팔을 잡아끌어 의자에 앉히고 고개를 숙였다.

"미안해, 규리야. 깜짝 놀라서 나도 모르게."

규리는 힘없이 고개를 끄덕였다. 누군가 규리에게 물컵과 알약을 건넸다. 누군지, 무슨 약인지 확인할 기운도 없었다. 규리는 잠자코 알약을 물과 함께 꿀꺽 삼켰다. 조금 앉아 있으니 벌렁거리던 가슴이 가라앉으며 정신이 번쩍 들었다.

"아, 동물! 화장실에 동물이 있어요. 으르렁거리는 소리를 들었어요."

아이들이 꺄악 소리를 지르며 교관에게 딱 붙었다. 교관은 얼굴을 찡그리며 고개를 갸우뚱했다.

"동물? 그럴 리가 있나. 뭘 잘못 들었겠지."

"아니에요. 분명히 들었단 말이에요."

교관이 어이없다는 얼굴로 규리를 내려다보았다. 규리는 박박 우겼다. 분명히 들었으니까 이대로 물러설 수 없었다.

"그러지 말고 한번 확인해 봐요. 손해날 거 없잖아요."

정현이가 답답하다는 듯 규리와 교관을 노려보았다. 교관은 아이들을 둘러보더니 한숨을 푹 쉬었다.

"좋아, 가자. 가서 보자고."

아이들은 성큼 앞서가는 교관 뒤에 다닥다닥 붙어서 화장실로 향했다. 교관은 화장실로 들어가 화장실 문을 차례차례

열어 보였다. 화장실은 텅 비어 있었다.

"됐지? 아무것도 없는 거 확인했지?"

교관이 규리를 돌아보며 묻고 또 물었다.

"물은 왜 안 잠갔어?"

교관이 신경질적으로 수도꼭지를 잠갔다. 규리는 무안함에 얼굴이 화끈 달아올랐다.

"규리 쟤 아까 넘어지더니 정신이 없나 보다."

정현이가 피식 웃으며 한마디 던지고는 화장실을 나가 버렸다. 아이들도 깔깔 웃으며 우르르 몰려나갔다. 다은이 웃음소리가 도드라졌다. 감히 네년 주제에! 규리는 화가 울컥 치밀었다. 손을 뻗어 다은이 머리채를 잡아채려는데 또다시 눈앞이 깜깜해지며 으르렁 소리가 들렸다. 몸이 축 늘어지며 목소리가 입안을 맴돌았다.

'여기 뭐가 있어.'

박정현

"귀찮아 죽겠네. 교관은 왜 우리더러 얘를 간호하라는 거야?"

"그러게 말야. 어차피 잠만 자는데, 우리가 간호할 일이 뭐 있다고."

혜진이와 태은이가 부어터진 얼굴로 툴툴거렸다. 다른 애들이 잘생긴 교관을 차지하는 게 못마땅했다.

정현이는 잠들어 있는 규리 얼굴을 물끄러미 바라보았다. 규리 얼굴이 시체처럼 창백했다. 오다은한테 물린 게 잘못된 걸까, 하는 생각이 얼핏 스쳤다. 규리에게는 미안하지만, 정현이로서는 규리가 다시 쓰러진 게 다행이었다. 교관의 눈을 피해 생각할 시간이 필요했기 때문이다. 생각해야 할 것도 많고 조심해야 할 것도 많은데, 도대체 감을 잡을 수가 없었다.

"정현아, 너 뭐 좀 마실래? 우리 음료수 가지러 갈 건데."

태은이와 혜진이가 보건실을 나서며 물었다. 정현이는 고개를 끄덕였다. 목이 몹시 말랐다. 가만히 생각해 보니 집을 나서기 전에 마신 것 빼곤 여태껏 물 한 모금 마시지 못했다. 배에서도 마찬가지였다. 배만 그럴싸한 걸로 빌리고 물 한 병 안 싣다니, 역시 이사장답다.

정현이는 침대에 두 발을 올려놓은 채 허리를 동그랗게 말았다. 엄마가 지금 자세를 본다면 눈이 튀어나오겠지. 정현이는 얼른 다리를 내리고 허리를 꼿꼿하게 폈다. 그 바람에 침대가 출렁거리는데도 규리는 죽은 듯이 누워만 있었다.

우웅, 바람 소리가 점점 심해졌다. 정현이는 창밖으로 눈을 돌렸다. 늦은 오후의 길고 따분한 빛이 집요하게 방 안을 파고들었다. 정현이는 이맘때의 햇빛이 가장 싫었다. 잘 지내다가도 저 햇빛만 보면 마음이 텅 비는 것 같았다. 괜스레 배가 고파지는 것 같고 가슴이 서늘해지기도 했다. 어릴 때는 햇빛 탓을 하며 옷장 속에 숨곤 했다. 이 감정이 쓸쓸함이라는 걸 알지 못했다.

정현이는 방 안을 둘러보았다. 햇빛을 피할 곳은 단 한 군데도 없었다. 하는 수 없이 눈을 질끈 감았다. 무릎 위의 두 손을 꼬무락거리며 이사장실에서 엿들은 단어들을 떠올렸다. 사망자, 바이러스, 캠프……. 교관과 이사장은 그저 캠프 이야기를 나누고 있었던 걸지도 모른다. 갑자기 모든 일이 시시하게 느껴져 피식 웃었다. 단체 상담을 하는 캠프에서 사망자가 나올 리가 없지 않은가. 사망자라는 건 민선이의 자살을 말하는 거겠지. 좋다. 그럼 바이러스는? 요즘 유행하는 독감 바이러스 이야기일까? 독감 생각을 했더니 어쩐지 몸이 으슬으슬해지는 것 같았다. 기운도 없었다.

"자냐?"

유택이 목소리에 정현이는 눈을 번쩍 떴다. 뒤돌아보니 유택이가 문 앞에 서 있었다.

'이게 다 너 때문이야.'

유택이에 대한 묵은 감정이 불쑥 솟구쳤다. 유택이가 끼어들지만 않았어도 도담이와 갈라서진 않았을 텐데.

"왜?"

부루퉁한 정현이 목소리에 유택이는 이마를 잔뜩 찌푸렸다. 유택이가 왜 왔는지 정현이는 알 것 같았다. 불안해 보이는 자기를 위로해 주러 온 거다. 그렇지만 정현이는 예전의 정현이가 아니다. 더는 유택이의 위로가 필요 없다. 정현이는 입술을 삐죽거리며 규리에게 고개를 돌렸다.

유택이가 물었다.

"왜 또 짜증이냐? 내 딴엔 너 생각해서 왔는데."

"……."

별 반응이 없자, 유택이는 한숨을 푹 쉬었다. 밝은 척, 담담한 척하는 유택이 목소리에서 정현이는 느낄 수 있었다. 자기와 이야기하는 걸 힘들어한다는 것을. 유택이가 정현이 곁으로 다가왔다. 정현이는 고개를 빳빳이 들고 애써 유택이를 무시했다.

"이 캠프 이상하다고 했다며. 도담이한테."

도담이라는 말에 정현이는 저도 모르게 뾰족한 가시를 드러냈다.

"요즘도 도담이랑 친한가 보네? 나만 쏙 빼고."

정현이는 부글거리는 마음을 애써 눌렀다. 차마 내뱉지 못하는 말들이 마음속을 쿡쿡 찔러 댔다.

'도담이와 멀어진 게 누구 때문인데, 내 앞에서 천연덕스럽게 도담이 얘기를 해? 어떻게, 어떻게 그렇게 뻔뻔해?'

화가 난 기색을 느끼고 유택이는 입을 꾹 다물었다. 퍼뜩 어떤 생각이 정현이를 스쳐 갔다. 정현이는 휙 돌아서 유택이를 똑바로 노려봤다.

"너 여기 왜 왔어? 넌 민선이랑 아무 상관 없잖아. 혹시 또 엄마가 부탁했니? 내가 뭐 하는지, 제대로 하는지 감시하라고?"

유택이가 딱하다는 듯 혀를 끌끌 찼다. 정현이는 싫은 소리를 퍼부으려다 멈췄다. 유택이가 손을 내젓더니 규리 이마에 손을 얹은 것이다.

"뜨겁네. 열 나, 규리."

종잡을 수 없는 녀석. 여자아이 이마에 손을 얹는데도 망설임이 없다. 소심한 주제에.

유택이가 성큼성큼 화장실로 가서 수건을 가져왔다.

"자, 받아. 네가 해. 아무래도 나보단 네가 나을 것 같아."

유택이가 물에 적신 수건을 불쑥 내밀었다.

역시 어색한 모양이었다. 정현이는 할 수 없이 수건을 받아 규리 이마에 올렸다. 열이 제법 나는지 수건이 금세 따뜻해졌다. 유택이가 수건을 다시 적셔 왔다.

한동안 아무 말 없이 화장실과 방을 드나들던 유택이가 대뜸 물었다.

"민선이가 왜 미웠어?"

"내가? 민선이를 미워했다고?"

"미워하니까 그렇게 괴롭힌 거잖아. 왕따도 시키고. 헛소문도 네가 퍼뜨린 거지?"

대놓고 물어보기가 부담스러웠는지 유택이의 얼굴은 어두

웠다. 역시 그렇게 생각하는구나 싶어 정현이는 피식 웃음이 나왔다.

"나 민선이 안 미워했어."

"웃기지 마. 너 민선이가 도담이랑 친하게 지내는 게 싫어서 민선이 괴롭힌 거잖아. 안 그래? 내가 그걸 몰라? 다른 사람은 몰라도 직접 당해 본 나는 알 수 있어. 그러고 보면 너는 하나도 안 변했어. 아직도 일곱 살 어린애야. 네 장난감을 다른 사람한테 뺏기지 않으려고 장난감을 부숴 버리던 못된 일곱 살 그대로라고."

유택이 목소리가 조금 높아졌다. 짜증이 난 거다.

"장난감? 도담이가 내 장난감이었다고 말하고 싶은 거야?"

정현이는 시퍼렇게 날 선 목소리로 쏘아붙이며 유택이를 밀쳤다. 유택이가 정현이의 팔을 꽉 잡았다.

"이거 놔!"

정현이는 팔을 비틀어 빼며 버럭 소리를 질렀다. 유택이가 벌떡 일어나는 정현이를 막아서더니 고갯짓으로 규리를 가리켰다.

"으르르릉."

규리가 정신을 잃은 채 짐승처럼 낮게 으르렁거리고 있었다. 먹이를 찢기 전 만족스러워하는 맹수의 울음소리처럼 낮고 소름 끼치는 소리였다.

"아까 동물이 어쩌구 하더니, 꿈꾸나 보다."

유택이가 하얗게 질린 정현이의 어깨를 툭 쳤다. 유택이가 분위기를 바꾸려 애쓰는 걸 알았지만 정현이는 도저히 웃을 수가 없었다.

"붉은 눈, 열, 짐승 소리. 혹시 저게 교관이랑 이사장이 말하던 바이러스?"

웅얼거리는 소리를 들었는지 유택이가 정현이를 잡아끌었다.

"교관 불러오자."

정현이는 덜컥 가슴이 내려앉았다. 머릿속에서 위험을 알리는 경고음이 울려 댔다.

'안 돼! 교관에게 알려선 안 돼!'

정현이는 다짜고짜 보건실을 나서려는 유택이 앞을 막아섰다. 유택이가 놀란 눈으로 정현이를 빤히 봤다.

"너, 규리 왜 저러는지 짚이는 게 있지?"

정현이는 고개를 저었다. 유택이는 믿지 않는 눈치였다. 자기를 뚫어지게 바라보는 유택이의 눈에서 정현이는 낯익은 표정을 떠올렸다. 비밀을 속속들이 알고 있다는 얼굴. 정현이는 울컥, 모든 걸 털어놓고 싶은 기분이 들었다. 이사장실에서 들은 얘기며 민선이의 일 모두를.

"이럴 시간 없어. 어서 가자."

유택이가 정현이를 밀쳤다. 이마 위로 눈썹이 치켜 올라간 걸 보면 어지간히 짜증이 난 모양이다. 아무리 생각해 봐도 교관에게 이야기하는 것 말고는 다른 방법이 없었다. 정현이는 문에서 살짝 비켜섰다. 유택이는 정현이를 휙 노려보더니 성큼 문을 나섰다.

유택이를 뒤따라 방을 나서려는데 갑자기 눈앞이 깜깜해졌다. 부드러운 모래에 폭 파묻힌 것처럼 세상이 아득했다. 간간이 으르렁대는 규리의 숨소리도 조금씩 멀어지더니 마침내 들리지 않게 되었다.

정유택

"자, 다들 둘러앉아 봐."

교관이 무게를 잡았다. 아이들은 발그레한 얼굴로 교관을 둘러쌌다. 가무잡잡한 얼굴에 가지런한 눈, 코, 입. 게다가 키도 크다. 말랐지만 탄탄해 보이는 몸까지, 남자인 유택이가 봐도 매력 있다.

"너, 혜진이라고 했니?"

혜진이의 눈이 하트 모양으로 바뀌었다.

"네, 혜진이 맞아요."

"누구 한 명 데리고 가서 아까 쓰러진 그 애 있지? 규리인가? 걔 좀 돌봐 줘라."

천장을 뚫고 나갈 것 같던 혜진이의 목소리가 금세 푹 꺼졌다. 교관한테 예쁘게 보이고 싶은 마음에 거절하고 싶은 걸 꾹 꾹 참는 게 보였다. 혜진이는 퉁퉁 부은 얼굴로 태은이의 팔을 잡아끌었다. 태은이가 입술을 실룩였다. 입 모양으로 보아 '으이그, 이 웬수.'라고 하는 것 같다. 하지만 두말없이 혜진이를 따라나섰다. 정현이 패거리에서도 둘은 유별나게 찰싹 붙어 있는 게 꼭 샴쌍둥이 같았다. 혼자서는 완전할 수도, 살아남을 수도 없는 존재 같아 유택이는 가끔씩 섬뜩한 기분이 들었다.

혜진이와 태은이가 강당을 빠져나가자마자 교관은 아이들을 바닥에 빙 둘러앉혔다. 그래 봤자 유택이, 정현이, 다은이, 도담이 넷뿐이라 분위기가 영 안 살았다. 교관도 썰렁한 분위기를 느꼈는지 콧등을 긁으며 생각에 잠겼다. 그 틈에 정현이가 벌떡 일어나더니 미처 잡을 새도 없이 나가 버렸다. 아이들이야 익숙한 일이지만 교관은 놀란 모양이었다.

교관이 얼빠진 얼굴로 물었다.

"재 박정현, 어디 가는 거니? 재 좀 잡아 와. 프로그램을 시작할 수가 없잖아."

아무도 말이 없었다. 누가 여왕벌 정현이에게 뭐라 말할 수 있겠는가.

유택이가 자리에서 벌떡 일어나 공손하게 대답했다.

"아마 애들 데리러 갔을 거예요. 사람이 너무 적으니까 좀 그렇잖아요. 제가 보건실에 가 볼게요. 규리 상태 보고 괜찮으면 애들 다 데리고 올게요."

"그럴래? 네가 유택이었지?"

교관이 흐뭇한 얼굴로 고개를 끄덕였다. 그래도 한 녀석은 다룰 만하다고 여겼을 테지만, 유택이에게는 다른 속셈이 있었다. 이 틈을 타 정현이와 대화를 해 보려는 거다. 꾸벅 인사를 하고 돌아서다 도담이와 눈이 마주쳤다. 속을 빤히 들여다보는 눈. 가슴이 덜컥 내려앉았다. 유택이는 애써 담담한 척 표정을 가다듬고 강당을 나섰다.

보건실은 복도 맨 끝에 있었다. 베이지색 벽을 따라 천천히 걸음을 옮기는데 한숨이 나왔다. 좁고 긴 복도를 따라 똑같이 생긴 갈색 문이 죽 늘어서 있었다. 누가 만들었는지 몰라도 미적 감각이라곤 없는 사람일 것이다. 아니, 어쩌면 미적 감각 따위는 필요 없었을지도 모른다. 그저 캠프라는 목적만을 위한 건물이 필요했겠지. 한 무리의 아이들이 왔다가 떠나면 또 한 무리의 아이들이 와서 그렇고 그런 캠프를 하는. 뱅글뱅글 돌아가는 톱니바퀴의 한 귀퉁이가 된 것 같아 유택이는 자신이 한심하게 느껴졌다.

보건실 문틈으로 짜증 섞인 목소리가 흘러나왔다.

"귀찮아 죽겠어. 제 성질 못 이겨서 기절까지 하고. 암튼 이규리 성질 더러운 건 알아줘야 한다니까."

슬쩍 안을 들여다보다 태은이와 눈이 마주쳤다. 유택이는 얼른 손가락을 입술에 갖다 댔다. 태은이가 의아하다는 듯이 눈을 깜박였다. 정현이 몰래 나오라고 손짓을 했다.

태은이가 씨익 웃더니 자리에서 일어났다.

“정현아, 너 뭐 좀 마실래? 우리 음료수 가지러 갈 건데.”

밖으로 나온 혜진이와 태은이가 소곤거렸다.

“유택아, 왜? 무슨 일인데 정현이 몰래 나오래?”

유택이는 짐짓 난처한 듯 어깨를 으쓱했다.

“교관이 너희 불러 오래. 정현이는 규리 돌보고.”

둘의 눈이 동그래지며 얼굴에 화색이 돌았다.

“정말? 우리만 불러 오래? 어머, 교관님도 참. 정현이한테 미안하게.”

말로는 미안하다지만 기색은 전혀 그렇지 않았다. 혜진이와 태은이는 애매한 웃음을 띠며 강당을 향해 종종걸음 쳤다.

유택이는 보건실로 들어서다 흠칫했다. 유택이를 돌아보는 정현이의 얼굴이 무섭도록 싸늘했다. 이대로 돌아갈까 싶었지만 꾹 참았다. 정현이가 저런 표정을 짓는 이유는 잘 알고 있었다. 아직까지 도담이 일로 화를 내고 있는 거다. 유택이는 속으로 중얼거렸다. 도담이가 쫓겨난 게 내 탓만은 아니잖아. 그 일로 상처 입은 건 정현이 네가 아니라 도담이와 나란 말이야.

유택이는 자꾸만 가라앉는 기분을 떨쳐 버리려 억지웃음을 지었지만 별 소용이 없었다. 정현이를 보고 있자니 어쩔 수 없이 도담이 생각이 났다. 예전 일에서 자유롭지 못한 건 정현이

만이 아니다. 도담이도 마찬가지다. 도담이는 정현이를 미워하고 있다. 정현이를 바라보는 도담이의 시선에서 느낄 수 있다. 그런데도 정현이는 전혀 알아차리지 못했다. 도담이와 다시 친해지고 싶어 안달인 게 훤히 보였다.

'바보!'

유택이는 속으로 욕을 꿀꺽 삼켰다. 정현이가 감추고 있는 걸 알아내야 한다. 이번 캠프는 뭔가 수상하니까.

"이 캠프 이상하다고 했다며. 도담이한테."

"요즘도 도담이랑 친한가 봐? 나만 쏙 빼고."

정현이가 비아냥거렸다. 확 짜증이 치밀었다. 유택이는 사납게 정현이를 노려보았다. 언제까지 일곱 살 아이처럼 도담이 뒤만 졸졸 좇아다닐 거냐고 쏘아붙이려는데 이상한 소리가 들렸다. 규리였다. 규리가 으르렁댔다. 순식간에 정현이 얼굴이 새파래졌다. 뭔가 알고 있는 표정이었다. 무슨 일인지 몰라도 더는 대화가 불가능했다.

"아무래도 교관을 불러 오는 게 좋겠다."

유택이는 문을 나서려다 정현이 팔을 잡았다. 규리와 단둘이 한방에 두는 게 마음에 걸렸다. 정현이가 팔을 세게 뿌리쳤다. 하지만 이대로 갈 수는 없었다. 유택이는 힘을 주어 정현이 팔을 잡아당겼다. 밀치락달치락 몸싸움을 하던 정현이 몸놀림이 갑자기 둔해졌다. 얼핏 보니 정현이 표정이 이상했다. 꿈을 꾸는 것처럼 멍한 게 눈에 초점도 없고 붉게 핏발이 서 있다.

"정현아! 정현아?"

정현이 어깨를 잡고 마구 흔들었다. 그제야 정현이 눈빛이 살아났다. 먼 곳을 바라보듯 흐리멍덩하던 눈빛이 똑바로 유택이를 향했다. 정현이는 뭐라고 말할 듯 잠시 머뭇거리다가, 이내 차가운 표정으로 유택이의 손을 떼어 냈다.

"가자."

정현이가 등을 돌리며 말했다.

강당 안은 웃고 떠드는 아이들의 목소리로 가득 차 있었다. 유택이와 정현이가 들어서자 기다렸다는 듯 아이들이 자리를 내주었다. 정현이는 아무 말 없이 자리에 앉았다.

"규리가 많이 안 좋은 것 같아요. 으르렁거리기도 하고 열도 나고요."

유택이 말이 우스웠는지 아이들이 낄낄댔다. 교관도 듣는 둥 마는 둥 손짓을 했다.

"그래? 조금 있다가 해열제 한 번 더 먹여 보자. 얼른 앉아라. 원에 톱니가 하나 빠졌잖아."

유택이가 엉거주춤 자리에 끼어 앉자 교관이 정색을 하고 말을 꺼냈다.

"자, 여기 뭐 하러 왔는지는 잘 알지? 너희는 집단 상담을 하려고 이곳에 왔다. 무슨 일이 있었는지는 일일이 묻지 않을 거야. 소용없을 테니까. 사람은 원래 보고 싶은 것만 보고 듣고 싶은 것만 듣는 동물이란다. 그러니 같은 반 아이가 죽은 이 마당에 너희 이야기를 들어 봤자 거기에 진실은 없을 거야. 진심이 담기지 않은 변명에 불과하겠지. 진실도 없고 마음도 없으면 집단 상담은 아무 가치가 없어."

갑자기 분위기가 엄숙해지면서 아이들이 조용해졌다. 교관은 잠시 말을 멈추고 아이들을 하나하나 둘러보았다. 아이들은 아무렇지도 않은 듯 말간 표정을 지으려 애를 썼다. 하지만 불안해하는 표정이 얼굴에 고스란히 드러났다.

혜진이가 겁에 질린 목소리로 소리쳤다.

"왜 우리한테 그래요? 민선이는 자살한 거라고요. 우리가 뭘 잘못했다고 자꾸 괴롭히냐고요."

교관이 씁쓸한 미소를 지었다.

"이제부터 게임 하나를 할 거야. 밥 먹기 전에 가볍게 게임 하나 하는 것도 나쁘지 않겠지?"

아이들이 술렁이며 안도의 한숨을 내쉬었다. 교관이 민선이 일로 아이들을 비난할 거라 여겼는데 게임이라니 뜻밖이었다. 유택이는 힐끔 정현이를 봤다. 정현이는 여전히 굳은 얼굴로 교관을 쏘아보고 있었다.

"자, 시간이 별로 없어. 게임 규칙을 설명해 줄게. 이제부터 할 게임은 거짓말 게임이야. 말 그대로 거짓말을 하는 거지. 거짓말만 해도 되고 거짓말과 진실을 섞어도 돼. 물론 진실만

이야기해도 좋아. 이야기를 듣고 누가 거짓말을 하는지 알아맞히는 거야."

혜진이와 태은이가 목소리를 모아 빈정거렸다.

"에이, 시시해요. 전부 다 거짓말만 하면 어떡해요. 그걸 어떻게 아냐고요."

교관이 활짝 웃었다.

"신기하겠지만 이야기를 듣다 보면 그 이야기가 진실인지 거짓인지 다 알 수 있단다. 정말이야. 내기할래?"

내기라는 말에 아이들이 벌 떼처럼 붕붕 들뜨기 시작했다.

"좋아요. 내기하자면 누가 겁날 줄 아세요?"

"게임엔 벌칙이나 상이 있어야 재미있지, 그냥 하면 정말 시시하다고요."

교관이 싱글벙글 웃으며 손바닥을 싹싹 비볐다.

"좋았어. 그럼 상으로 뭘 받고 싶니?"

교관이 묻자 아이들이 저마다 떠들어 댔다.

"방을 고르게 해 주세요."

"먹고 싶은 간식 대령하기."

"교관님 전번이요."

"교관님이랑 하루 데이트는 어때?"

교관이 짝짝 손뼉을 쳤다. 날카로운 박수 소리에 막무가내로 떠들던 아이들의 소리가 잦아들었다. 교관은 잠시 고민하는 눈치더니 이내 고개를 끄덕였다.

"좋아, 나랑 하루 데이트. 영화 보여 줄게. 됐지?"

꺄아악, 환호와 함께 분위기가 후끈 달아올랐다. 조금 전까지 시큰둥하던 분위기는 간데없이 모두들 그럴듯한 이야기를 꾸며 내려 바빴다.

"자, 그럼 누구부터 시작한다지?"

나서는 사람은 아무도 없었다. 서로 눈치만 볼 뿐이다. 유택이는 미심쩍은 눈으로 교관을 힐끔거렸다. 이렇게까지 분위기를 띄우는 이유가 뭘까.

아이들이 몸을 앞으로 내밀며 가운데로 모였다.

"가위, 바위, 보!"

다은이가 끙 신음 소리를 내며 고개를 푹 숙였다. 다른 아이들이 환호성을 지르며 손을 번쩍 들었다. 다은이는 핏기 가신 얼굴로 아이들을 기웃거렸다.

"진짜 나부터 해? 정말? 누구 바꿔 줄 사람 없어?"

아이들을 둘러싼 공기가 차가워지는 게 느껴졌다. 마치 머리 여럿 달린 괴물처럼 아이들은 일제히 싸늘한 얼굴로 다은이를 노려보았다.

"징징거리지 말고 어서 해. 뭐 하나 제대로 하는 게 없니, 넌."

혜진이가 한마디 쏘아붙이자 다은이는 잔뜩 주눅 든 표정으로 고개를 반쯤 든 채 아이들을 힐끔거렸다. 그 모양새가 아이들의 잔인함을 부추긴 꼴이었다. 희미한 비웃음이 아이들의 입가에 번졌다. 여자아이들은 어쩌면 저리도 잔인할 수 있는 건지, 유택이는 슬며시 혀를 찼다. 그렇다고 다은이가 걱정되지는 않았다. 걱정한다는 것 자체가 성격에 맞지 않을뿐더러, 다은이의 눈에 얼핏 비친 살기에 등골이 오싹해졌기 때문이다.

다은이는 잠시 숨을 고르더니 입을 열었다.

"올해 초였어. 청소 당번이어서 학교에 남았는데, 그날따라 아이들이 전부 도망을 쳐서 나 혼자 교실에 남아 있었어."

일단 말을 시작하자 다은이 얼굴은 눈에 띄게 나아졌다. 조금씩 떨리던 목소리도 안정되어 매끄러워졌다. 다은이 이야기는 차츰 리듬을 타고 아이들의 귀를 잡아끌었다. 다은이는 발그레해진 얼굴로 이야기를 계속했다.

"그날은 날씨가 참 이상했어. 아직 한낮인데 하늘이 새카매지면서 비 냄새가 났지. 금세 비가 쏟아질 것 같아 마음이 급했어. 우산이 없었거든."

이야기가 늘어지자 몇몇 아이들은 휴대폰을 만지작거리며 지겹다는 티를 냈다. 그래도 다은이는 이야기를 대충 끝낼 마음이 없어 보였다. 다은이 목소리가 점점 작아지고 은근해졌다. 아이들이 조금씩 다가앉았다.

"청소를 서둘러 끝내고 부랴부랴 학교를 나섰는데, 평소에 다니던 서쪽 문이 벌써 잠겨 버린 거야. 어쩌겠어, 중앙 현관으로 나갔지. 선생님이 있나 없나 눈치를 보고 막 현관을 나서려는데, 머리 위에서 차가운 물이 뚝뚝 떨어지더라고. 그래서 '어머, 비가 오나 보네.' 하고 위를 올려다봤지. 그런데 뭔가가 내 귀를 스치며 발 앞에 떨어졌어. 소스라치게 놀라서 그 자리에 주저앉았지. 정신을 차리고 보니 화분이 떨어져 있었어. 하마터면 큰일 날 뻔했지. 누가 일부러 떨어뜨린 게 분명했어. 바람 한 점 없었으니까 말이야. 누가 나한테 그런 짓을 했는지 궁금했지만 끝내 찾을 수 없었어. 내 이야기는 이걸로 끝이야."

"에계계, 겨우 그걸로 끝? 막 재미있어지려고 했는데."

태은이가 김샌다는 듯이 툴툴댔다. 혜진이도 낄낄거리며 태은이에게 뭐라고 소곤댔다. 유택이는 따분함에 하품을 하다가 건너편에 앉은 도담이와 눈이 마주쳤다. 도담이 얼굴이 서서히 일그러지는 게 보였다. 왜 저런 반응을 보이는 걸까, 궁금했다. 정현이와 도담이가 짧은 순간 눈길을 주고받는 게 보였다. 정현이도 눈에 띄게 당황하는 얼굴이다. 유택이는 정신이 퍼뜩 들어 다은이의 얼굴을 살폈다. 다은이는 떠들썩한 아이들 틈에 오도카니 앉아 있었다. 가지런히 모은 무릎에 얼굴을 올린 채 아이들을 바라보는 다은이는 아주 만족스러운 얼굴이었다. 만족스럽다 못해 무섭도록 기분 좋은 얼굴, 속 시원한 얼굴이었다. 뭘까? 저 표정. 낯익은 표정인데. 유택이는 한참을 생각했다.

"췟! 웃기고 있네."

문 쪽에서 거친 목소리가 들렸다. 웅성거림이 멈추고 강당 안이 고요해졌다. 아이들 시선이 문으로 쏠렸다. 유택이는 무심코 고개를 돌리다 소스라치게 놀랐다. 규리의 빨간 눈과 마주쳤기 때문이다. 차가운 물을 뒤집어쓴 것처럼 시린 통증이 유택이의 머리를 스쳐 갔다. 떠올랐다, 오다은의 표정. 그건 복수의 표정, 상대방에게 카운터펀치를 먹이고 후련해하는 표정이었다.

규리의 눈빛은 불안하게 흔들리고 있었다. 모두들 놀라서 규리의 안색을 살폈다. 한 시간 남짓 지났을 뿐인데 규리의 얼굴은 몰라보게 핼쑥해졌다. 눈 밑은 시꺼멓고 피부 빛깔도 푸르죽죽했다. 규리는 말을 계속했다. 규리 목소리에서 느껴지는 극심한 분노에 유택이는 소름이 돋았다.

"그건 거짓말이야. 네년은 그런 일을 당할 정도로 관심받는 아이가 아니잖아. 관심받고 싶어서 자작극을 벌이면 모를까."

강당 안은 쥐 죽은 듯 조용했다. 모두들 규리 이야기에 귀를 기울였다.

"넌 어떻게 된 애가 네년이 벌인 일을 아이들 앞에서 나불거리냐? 제정신은 아니야. 입도 싸고."

모두 얼어붙은 듯 움직임을 멈췄다. 유택이는 슬쩍 정현이를 보았다. 무표정한 얼굴이었지만 정현이의 두 눈은 분노로 활활 타오르고 있었다.

"무슨 소리야. 말도 안 되는 억지 피우지 마. 아프면 가서 더

자든지, 흐흐흐흐."

다은이가 신경질적으로 웃었다. 아이들은 따라 웃지 않았다. 다은이 목소리에서 당혹감과 두려움을 알아챈 것이다.

"거봐. 내가 거짓말인지 진실인지 다 알 수 있을 거라고 그랬지? 이제 규리까지 왔으니 본격적으로 분위기를 살려 볼까?"

교관이 신이 나서 일어나더니 초를 한 움큼 나눠 주었다. 어리둥절해하는 아이들을 보고 교관은 답답하다는 듯 너털웃음을 터뜨렸다.

"뭣들 하니? 너희 촛불도 안 켜 봤어?"

하나둘 촛불이 켜지자 긴장이 풀린 아이들이 키득거리기 시작했다.

"자, 그럼 불을 꺼 볼까?"

교관의 말과 함께 불이 꺼지고 강당 안에 어둠과 적막이 가득 찼다.

"자, 규리가 맞혔으니 규리가 다음 순서야. 어서 와서 앉으렴."

어둠 속에서 들리는 교관의 목소리는 차분했다. 문 앞에 버티고 섰던 규리가 쿵쿵 발소리를 내며 촛불 앞에 앉았다. 촛불에 비친 규리의 얼굴이 해골처럼 보여서 유택이는 화들짝 놀랐다.

규리는 정현이와 다은이를 번갈아 보더니 중얼거렸다.

"될 대로 되라지, 칫! 나도 얘기 좀 해 볼까?"

정현이가 움찔하며 규리를 노려봤다. 잠깐 동안 규리와 정현이는 서로 쏘아봤다. 정현이가 먼저 눈길을 돌렸다.

"촛불도 켰으니 무서운 얘기를 해 줄게."

몇몇이 꺄 비명을 질렀다. 규리는 태연히 이야기를 시작했다.

"옛날에 두 친구가 있었어. 둘은 서로를 정말 좋아해서 하루 종일 붙어 다녔어. 행복했지. 그러던 어느 날 불행이 찾아왔어. 한 아이가 싫증이 난 거야. 다른 친구를 사귀고 싶었거든. 그런 생각이 드니 신기한 일이 생겼어. 마냥 좋기만 하던 친구가 미워지기 시작한 거야. 미워지니까 그 애의 옷차림도 꼴 보기 싫고, 목소리도 듣기 싫어지더니 마침내 숨 쉬는 것마저 싫어졌지."

규리의 말소리가 점점 높아졌다. 숨도 쉬지 않고 몰아치듯. 아이들도 점점 규리의 이야기에 빠져들었다.

"그래서 어떻게 했을까? 응? 오다은? 넌 아주 잘 알잖아."

규리가 물었다. 다은이는 헉, 숨을 몰아쉬었다.

"친구를 저주했어. 죽으라고 웅얼거리면서 사진에 시침 핀을 꽂기 시작했는데, 나중엔 더 꽂을 자리가 없어져 버렸지. 그런데 참 신기하지? 바라고 또 바라면 기회가 오나 봐. 학교가 끝나고 창가에서 밖을 내다보는데 그 애가 지나가는 거야. 그래서 어떻게 했는지 아니?"

모두 눈이 동그래져서 귀를 기울였다. 꼴깍 침 삼키는 소리가 들릴 것 같은 정적이 흘렀다.

"글쎄 말이지, 화분을 떨어뜨렸대. 죽어 버리라고."

다은이가 훌쩍거리기 시작했다. 훌쩍이는 다은이를 빤히 바라보던 규리가 미친 듯이 웃었다.

"왜 울어? 웃어야지. 성공했잖아. 그 애를 죽여 버렸으니까."

오다은

다은이는 몸서리를 쳤다. 이 섬은 처음 봤을 때부터 기분이 나빴다. 검은색 섬이라니, 재수 없다. 섬이 검게 보이는 건 아마 섬에 빽빽하게 들어찬 나무 때문일 거다. 섬 안에 빽빽이 꽂혀 있는 검은 소나무들이 다은이에게는 바늘집에 꽂힌 시침 핀처럼 보였다.

좁다란 시멘트 길이 선착장에서 검은 소나무 숲으로 길게 이어졌다. 시멘트 길이 무색하게 길 위에는 모래가 그득했다. 한 걸음 내디딜 때마다 거친 모래가 신발 안으로 파고들었다. 다른 아이들 사정도 별반 다를 게 없어 보였다.

아이들은 숲 언저리에서 신발을 벗고 모래를 탈탈 털었다. 다들 배를 너무 오래 타서 그런지 몸이 안 좋았다. 태은이나 혜진이도 토할 것 같다며 짜증을 부렸다. 정현이도 안색이 나빴다. 다은이는 얼굴에 흐르는 땀을 연거푸 닦아 냈다. 규리 때문에 신경이 예민해졌는지 자꾸 몸이 떨리고 식은땀이 흘렀다.

그래서였을 거다. 거짓말 게임이라는 함정에 빠져 버린 이유 말이다. 다들 몸이 안 좋아서 정신이 반쯤 나간 데다 검은 섬의 기운에 홀려 버린 거다.

다은이는 모든 일을 규리 탓으로 돌렸다. 규리 이야기가 도화선이 되어 일이 점점 이상하게 꼬여 버렸다고. 이 모든 일은 쓸데없이 비밀을 주절거린 규리 탓이라고.

규리가 야멸치게 말했다.

"글쎄 말이지, 오다은이 민선이한테 화분을 떨어뜨렸대. 죽어 버리라고. 어머, 오다은! 너 왜 울어? 웃어야지. 성공했잖아. 결국 민선이가 죽었으니까."

다른 아이들도 있는데 어떻게 그런 이야기를 할 수 있는지. 옆에서 부추긴 사람이 누군데. 규리 자기면서. 시원하다는 듯 웃고 있는 규리를 보며 다은이는 분노로 배 속까지 차가워졌다. 자리에서 벌떡 일어나려는데 옆에 앉은 도담이가 다은이 팔을 꽉 잡았다. 도담이 눈이 이상하게 번들거렸다.

"거짓말."

도담이가 입을 열었다. 목소리가 싸늘했다.

"민선이는 화분에 맞진 않았어. 깨진 화분에 다치긴 했지만. 화분 조각이 튀어서 민선이는 얼굴을 열 바늘이나 꿰매야 했지. 그나저나 처음 알았네, 오다은 네가 화분을 던진 건. 설마하니 너 혼자 벌인 일은 아닌 것 같고. 아마 규리 너겠지? 같이 일을 벌인 게? 뭐, 뒤에 대단하신 분이 한 분 더 계시겠지만 말이야."

규리가 낄낄거리던 웃음을 멈추고 도담이를 노려봤다. 도담이는 아랑곳없이 이야기를 계속했다.

"이왕 이렇게 된 거, 이번엔 내가 이야기해 볼게. 재미있을 거야."

도담이의 눈이 촛불에 반짝였다. 어쩐지 눈빛이 위태로워 보여 다은이는 저도 모르게 침을 꿀꺽 삼켰다.

다은이에게 도담이는 이해할 수 없는 아이다. 학교에는 두 부류의 아이들이 있다. 이해할 수 있는 아이들과 이해할 수 없는 아이들. 이해할 수 있는 아이들은 넘치게 많다. 어떤 식으로든 자기를 드러내지 못해 안달이기 때문에 대하기도 쉽다. 목소리를 죽이고 조용히 그 아이 뜻에 따라 주기만 하면 별 탈 없이 잘 지낼 수 있다. 이해할 수 없는 아이들은 아무리 살펴봐도 좀처럼 어떤 사람인지 알아낼 수 없는 데다 아이들에게 인기도 있다.

다은이의 문제는 이해할 수 없는 아이들과 잘 지내지 못한다는 거였다. 학교생활은 인기 있는 아이를 중심으로 돌아가기 때문에 인기 있는 아이의 눈에 들지 못하면 곤란하다. 인기 있는 아이는 자연스레 대장이 되는데, 대장이 싫어하는 아이와 사이좋게 지낼 만큼 간이 큰 아이는 없다. 그러니 다은이의 학교생활이 은따와 왕따 사이를 오간 건 너무나 당연한 일이었다. 민선이를 만나기 전까지 말이다.

"나는 너 하나면 충분해."

갑자기 민선이의 웃는 얼굴이 떠올랐다. 씁쓸한 웃음이 나왔다. 새삼 청승이다. 이제 더는 '찌질이 오다은'이 아닌데 말이다.

민선이 생각을 떨치려 다은이는 도담이 이야기에 귀를 기울였다. 촛불 빛에 도담이의 외모가 더욱 돋보였다. 시원스럽게 큰 키에 조막만 한 얼굴, 오똑한 콧날에 서늘한 눈매. 어디서나 눈에 띄는 아이이다. 저런 애가 왜 민선이와 어울렸을까.

도담이는 입가에 서늘한 웃음을 띠며 이야기를 시작했다.

"난 민선이가 죽던 날 이야기를 할 거야. 교관 선생님도 바라던 얘기가 아닐까 싶네. 원래 이 캠프, 죽은 민선이 때문에 온 거잖아. 안 그래? 괜찮죠, 교관님?"

도담이가 이야기를 하며 교관을 슬쩍 건너다봤다. 교관이 시원스럽게 고개를 끄덕였다.

"너희도 담임이 민선이를 예뻐한 건 알지? 그런데 왜 예뻐했는지는 알고 있니?"

모두들 궁금해 죽겠다는 얼굴이다. 그중에 규리 얼굴이 가장 볼만했다. 규리는 잡아먹을 듯이 도담이를 노려보고 있었다. 시뻘건 눈을 부릅뜨니 공포 영화가 따로 없다. 규리가 담임을 좋아한 건 반 아이들이라면 다 알고 있었다. 자기 이상

형이라며 담임의 머리핀이며 액세서리를 따라 하다 담임한테 혼쭐이 났었다. 아이들은 천천히 도담이의 이야기에 빨려 들어갔다.

"담임이 어떤 학생이었을지 한눈에 보이지 않니? 고지식한 데다 나설 데 안 나설 데 못 가리는. 딱 봐도 왕따 당하기 좋은 성격이야. 아마 민선이한테서 자기 모습을 봐서 그렇게 예뻐했겠지. 그런데 그게 화가 된 거야. 담임이 대놓고 편을 드는데 민선이를 좋게 볼 사람이 어디 있겠어. 어설프게 위하다가 죽게 만들어 버린 거지. 암튼, 너희 모두 민선이를 괴롭히긴 했지만, 담임 때문에 더 열심히 괴롭힌 사람이 있어. 너희도 다 알지?"

도담이는 잠시 말을 멈추고 한쪽 입꼬리를 올렸다. 모두의 시선이 한곳으로 향했다. 규리가 핏줄이 드러난 얼굴을 실룩거리며 소리쳤다.

"뭘 봐! 재수 없게!"

도담이는 싸늘한 목소리로 이야기를 계속했다. 잠깐 규리를 노려보는 것도 같았다. 하지만 이내 무표정한 얼굴로 앞에 놓인 촛불에 시선을 고정했다.

"민선이는 점점 더 심한 일을 당했어. 규리 너, 아주 대놓고 민선이를 괴롭히더라. 그래도 민선이는 속으로만 끙끙댔어. 한 번도 화를 안 내더라고, 그 바보가. 그런데 말야, 민선이가 죽던 날, 민선이는 화가 많이 나 있었어. 누가 민선이 심퍼들

망가뜨렸거든. 어찌나 꼼꼼히 칼질을 했는지, 점퍼가 아주 조각이 났더라. 평소 같으면 그 정도 일은 그냥 넘어갔을 텐데. 너희가 아주 잘 알겠지만 그 정도는 뭐 별거 아니잖아? 안 그래? 민선이는 누가 한 짓인지 안다며 따지러 가겠다고 했어. 같이 가자고 해도 굳이 혼자 가겠다고 했어. 그러고는 떨어져서 죽었어. 처음에 나는 민선이가 너무 화가 나서 뛰어내렸다고 생각했어. 그런데 말이야, 민선이가 떨어질 때 창문에 숨어 있던 사람이 있었어. 뜻밖의 사람이라 무심히 지나쳤는데, 생각해 보니 그 사람, 실실 웃고 있었어. 소름 끼치게. 죽어서 아주 속이 시원하다는 듯 말이야. 더 황당한 게 뭔 줄 알아? 내가 담임한테 무슨 말이라도 할까 봐 내 상담 시간에 숨어서 염탐까지 하더라고. 그게 누군지 알아?"

도담이는 키득거리며 이리저리 손가락질을 했다.

"누굴까? 정현이? 태은이? 크크크. 정답은 바로…… 재야. 구혜진."

거침없는 도담이 이야기에 아이들은 충격을 받은 것 같았다. 혜진이도 눈이 빨개져서 고개를 마구 저었다.

"나? 나 아니야. 내가 그런 거 아니라고!"

혜진이는 울먹이며 태은이 어깨에 얼굴을 묻었다. 혜진이의 머리를 쓰다듬는 태은이의 손이 바들바들 떨렸다. 규리도 눈에 띄게 당황하는 것 같았다. 정현이는 멀쩡한 얼굴이지만 손가락을 비틀고 있었다. 다은이는 안다. 저건 정현이가 초조

하다는 뜻이다.

이야기를 마친 도담이는 속 시원한 얼굴로 허리를 쭉 폈다. 유택이가 비난하는 투로 말했다.

"도담아, 아무리 거짓말 게임이라지만 좀 심했어. 네 말대로라면 혜진이가 일부러 민선이를 죽였다는 거잖아. 혜진이가 정신병자라는 거잖아. 거짓말도 좀 정도껏 해라."

"너무 심했나? 장난이야, 장난. 거. 짓. 말."

도담이가 낄낄거렸다. 도담이의 웃음소리에 아이들은 그제야 마취에서 풀린 것처럼 말들을 쏟아 냈다.

"뭐야, 장난이었어?"

"정말 지독한 거짓말이다."

"놀랐잖아."

다은이는 아이들을 따라 웃었다. 하지만 뭔가 찜찜했다. 아이들 표정이 이상했다. 왜 다들 저런 얼굴을 하고 있는 걸까? 뭔가 숨기는 것처럼 의뭉스러운 표정을 하고 있다. 다은이는 얼굴을 살짝 찌푸렸다. 도담이 말이 전부 거짓말일까? 어디까지가 거짓말이고 어디까지가 진실인 걸까?

갑자기 머릿속으로 기억이 확 밀려들었다. 민선이가 떨어지던 날 민선이 곁에 누가 있었지? 다은이는 기억을 더듬었다. 눈앞에 그날의 일이 선명하게 펼쳐졌다.

커튼에 감기기 전 민선이는 화가 잔뜩 나 있었다. 둘이 한바탕 다퉜기 때문이다. 민선이는 소문도 참았고 도둑으로 몰린 것도 참았지만 이번만큼은 그냥 넘길 수 없다고 했다. 화분 때문인 줄 알았는데, 점퍼 때문이라 했다.

점퍼 일은 몰랐다. 그래서 민선이에게 버럭 화를 냈다. 자기는 점퍼를 찢지 않았다고. 민선이는 믿지 않았다. 다은이는 당황스러웠다. 솔직히 말하자면, 좀 놀랐다. 민선이가 자기를 믿지 않다니. 그제야 둘이 더 이상 친구가 아니라는 사실이 실감났다. 자기가 한 짓도 있으니 당연한 일이라고 생각했다.

규리와 정현이는 멀리서 둘이 싸우는 모습을 지켜보고만 있었다. 다은이는 얼핏 생각했다.

'화분, 자기들이 시킨 거면서. 나는 그저 시키는 대로 했을 뿐인데. 이런 게 패거리가 되기 위해 치러야 하는 값이라면, 그 값은 적당한 걸까? 이제 난 저 애들의 친구가 된 걸까?'

그날 민선이는 좀 달라 보였다. 아니, 달랐다. 좀처럼 화내지 않는 아이인데, 그날은 유난히 화를 냈다. 게다가 그 얼굴. 푸르죽죽한 낯빛과 붉은 눈. 다은이는 민선이가 무서워서 자리를 피해 버렸다. 도망가다 뒤를 돌아봤을 때 민선이는 규리와 또 다투고 있었다. 분명 규리가 시비를 걸었겠지. 그런데 정말 놀라운 건 민선이의 행동이었다. 그대로 규리의 팔을 물어 버렸으니까. 민선이는 여느 때와 달랐다. 왜일까? 왜 달랐을까? 다은이는 혼란스러워서 얼굴을 벅벅 문질렀다.

교관이 손을 휘휘 저으며 소란스러운 분위기를 정리했다.

"자 자, 확 알아차릴 만한 거짓말은 재미가 없어. 적당히 살짝살짝 섞으라고. 그래야 흥미진진하지."

아이들이 우우, 야유를 보냈다.

"다음엔 누가 할 거야? 빨리빨리 해."

태은이가 눈을 동그랗게 뜨고 재촉했다. 도담이가 손가락으로 유택이를 가리켰다.

"유택이 차례야. 거짓말인 걸 맞혔으니까."

유택이는 내키지 않는다는 표정으로 고개를 푹 숙였다. 아이들이 짝짝짝짝 박자 맞춰 무릎을 두드렸다.

"어서 해. 어서 해. 어서 해. 어서 해."

유택이가 고개를 들었다. 뭔가 망설이는 것처럼 눈빛이 불안하게 흔들렸다. 유택이는 정현이와 도담이를 번갈아 바라보더니 허리를 바로 폈다. 유택이의 몸짓이 왠지 단호해 보여 다은이는 마음이 술렁였다. 유택이는 무슨 이야기를 하려는 걸까.

마침내 유택이가 입을 열자 아이들이 조용해졌다.

"내가 하려는 이야기는 조금 오래된 거야. 오랫동안 고백하고 싶었는데 못했어. 그런데 어쩐지 오늘은……."

유택이가 말꼬리를 흐리자 아이들이 자지러지게 소리를 질렀다.

"고백이래, 고백. 어머머, 사랑 고백인가 봐."

유택이 얼굴이 시뻘게지더니 손을 내저었다.

"아니야, 그런 거. 들어 봐. 세 친구의 이야기야."

유택이가 말을 꺼내자 도담이와 정현이가 긴장해서 몸이 굳는 게 느껴졌다. 다은이는 유택이를 빤히 쳐다보았다.

유택이가 하려는 건 저 세 사람 이야기인가? 셋이 친구인 건 몰랐는데. 세 사람 사이에 무언가가 있다는 느낌을 받을 때가 종종 있었다. 서로 이야기를 나누거나 같이 있는 모습은 한 번도 본 적이 없었다. 그런데도 이상하게 셋은 한데 묶여 있는 편지지 세트 같았다. 따로 떨어뜨려 놓아도 무늬와 모양이 겹쳐서 금방 제 짝임을 알아볼 수 있는 한 묶음 말이다. 한 시절을 공유했던 사람들만이 나눠 가질 수 있는 사소한 몸짓과 말, 농담, 그런 것들이 세 사람에게는 있었다.

"나랑 정현이는 어려서부터 쭉 같이 살았어."

아이들이 술렁였다. 바로 앞에 앉아 있는 사람의 이야기를 하다니. 더구나 다른 사람도 아닌 정현이 이야기를. 아이들은 입을 꾹 다문 채 불안한 눈길을 주고받았다. 정현이의 담담한 목소리가 강당 안에 울렸다.

"내 이야기였어? 뭘까? 얼른 듣고 싶네."

정현이는 무릎을 끌어당겨 두 손으로 안았다. 그러고는 얌전히 포갠 손 위에 얼굴을 올리고 여유롭게 웃었다. 그렇지만 촛불이 비친 두 눈동자는 마구 흔들리고 있었다.

유택이는 정현이를 잠시 바라보다가 입을 열었다.

"너희도 알다시피 우리는 이종 사촌이거든. 우리 엄마가 정현이 엄마 언니지. 우리 엄마랑 이모는 자매인데도 생김새며 재능은 전혀 닮지 않았어. 우리 엄마는 딱 평범한 아줌마라고나 할까? 젊었을 때도 눈에 띄게 예쁘거나 남달리 똑똑하거나 능력이 있지도 않았던 것 같아. 그래서겠지만 결국 우리 엄마는 똑같이 평범하지만 자기를 사랑해 주는 우리 아빠를 만나 결혼했지. 그리고 그 결혼의 결과가 너희들이 보고 있는 바로 나야."

유택이가 우스꽝스러운 몸짓으로 자기 자신을 가리키자 어둠 속에서 킥킥대는 소리가 들려왔다. 유택이는 어깨를 으쓱하고는 이야기를 계속했다.

"그런데 이모는 좀 달랐어. 예쁜 데다 재능까지 있었던 이모는 평범하다 못해 추레한 집안에서 빠져나올 방법을 기가 막히게 꿰뚫고 있었어. 이모는 좋은 집안 외아들인 이모부랑 결혼을 했지. 물론 이모는 결혼 전에 이미 훌륭한 변호사였기 때문에 혼자서도 잘 먹고 잘 살 수 있었을 거야. 하지만 이모는 부자인 이모부와의 결혼을 선택했어. 아마 그냥저냥 잘 사는 걸로는 만족이 안 되었던가 봐."

유택이가 잠시 숨을 고르려 말을 멈추었다. 정현이도 긴장했는지 몸을 움찔거렸다. 유택이는 건너편에 앉은 정현이를 지긋이 보다 입을 열었다. 목소리가 들뜬 것 같기도 하고 겁에 질린 것 같기도 했다.

"당연히 우리 집은 늘 어려웠어. 이모는 엄마를 도와주는 데는 인색하지 않았어. 어릴 때는 우리 집을 도와주는 이모가 마냥 고맙기만 했어. 그런데 조금 자라고 나니 다른 생각이 들더라고. 어쩌면 자기 수준을 떨어뜨리는 언니가 있다는 게 자존심 상했던 걸지도 모른다는 생각. 그래서 어느 수준까지 끌어올리려고 노력했던 게 아닐까 하는 의구심이 들더라."

유택이는 주춤거리면서도 이야기를 계속했다. 아이들은 유택이의 눈을 피해서 자기 앞에 놓인 촛불을 응시했다. 유택이의 갑작스러운 자기 고백에 모두 당황한 눈치였다. 하긴 그다지 친하지 않은 남자아이의 성장담을 듣는다는 게 은밀한 속내를 들킨 것만큼 민망한 일이긴 했다. 길을 가다 느닷없이 바바리맨과 마주친 기분이랄까. 정현이도 유택이 이야기가 부담스러웠는지 끊임없이 입술을 잡아 뜯었다.

"이유야 어쨌든 우리는 같이 자랐는데, 이모는 우리에 대해, 특히 정현이에 대한 계획이 거창했나 봐. 다른 집 아이들처럼 유치원에 보내는 대신 선생을 여러 명 붙여서 이것저것 가르쳤지. 다른 아이들이랑 놀이터에서 놀거나 자유로운 시간을 보내는 건 있을 수 없는 일이었어. 그러니 정현이나 나나 사교성이 있을 리도 없고 사람 대하는 법을 알 턱이 없었어. 그러던 어느 날, 이모의 계획이 틀어지는 일이 생겼어."

유택이가 침을 꿀꺽 삼켰다. 다들 조금씩 몸을 앞으로 내민 탓에 둘러앉은 원이 한층 작아진 느낌이 들었다. 붉은 촛불이 어른거리는 얼굴들은 하나같이 괴기스러워 보였다. 다른 사람의 사생활을 들여다보는 즐거움에 쏙 빠진 얼굴들이다.

"중요한 사교 모임이 있었는데, 정현이도 그 자리에 있었어. 그때 사업상 중요한 남자가 정현이에게 말을 건 거야. 별로 중요하지도 않은 말이었어. 몇 살이니? 넌 뭘 좋아하니? 나중에 커서 뭐가 되고 싶어? 뭐 그런 쓸데없는 질문들 있잖아. 그런데 정현이는 벌벌 떨면서 얼어붙더니 그만 그 자리에서 기절해 버렸지. 여느 아이들 같으면 철없이 이 말 저 말 떠들어 댔을 텐데, 사람이라곤 나랑 선생들 몇 명만 보고 자란 정현이한테는 무리였던 거야. 이모는 우아한 얼굴로 그 남자한테 사과하고 정현이를 방으로 데려갔어. 그날 정현이는 죽도록 혼이 났어. 피딱지가 말라붙은 정현이의 손바닥이 아직도 기억나. 그러더니 어느 날 이모가 친구라며 여자아이를 하나 데려왔어. 그때는 이모가 정현이에게 사교성을 길러 주려나 보다 생각했지. 차라리 유치원엘 보냈으면 더 좋았겠지만 이모는 돈이 필요한 집의 아이를 사서 정현이 옆에 붙여 놓은 거야. 그때부터 이모 집에는 나 말고 또 다른 아이가 살게 됐어. 그 애는 정현이가 하라는 일이면 뭐든지 해야만 했어. 지금 생각해 보면 이모는 정현이에게 사교성이 아니라 사람 다루는 법을 가르치고 싶었던 것 같아. 한동안은 그 애도 말을 잘 들었지. 자기가 말을 잘 들어야 집에 돈이 간다고 누누이 들었을 테니까. 그런데 아마 삼 학년 때였나? 일이 조금씩 틀어지기 시작했어. 그 애도 나도 이모가 하라는 대로 하고 싶지 않아졌지. 차츰 우리 둘이서만 어울리는 시간이 늘어났어. 둘이서만 학교에서 돌아오기도 하고 이야기도 하고. 의외로 둘이 잘 맞는 구석이 있긴 했거든. 정현이는 난리도 아니었어. 특히 나한테 화를 많이 냈지. 내가 제 친구를 뺏어 갔다며 화를 냈어."

유택이는 말하다 말고 옷소매를 쓱 걷었다. 팔에 난 상처가 길고 선명했다.

"하루는 정현이가 화를 내며 나한테 컵을 던졌어. 컵이 깨지면서 팔에 상처가 났지. 그래도 나는 정현이가 밉지 않았어. 사람을 돈으로 흔드는 이모가 미웠을 뿐, 정현이를 미워할 수는 없었어. 이모한테 휘둘리는 건 우리만이 아니었으니까. 가장 힘든 사람은 정현이였으니까. 일이 어떻게 된 건지 알게 된 이모는 가만있지 않았어. 나는 그길로 집으로 쫓겨 갔어. 당연히 우리 집에 대 주던 생활비도 끊었지. 내가 쫓겨나고 그 애의 반항은 더 심해졌어. 정현이 얼굴도 보려 하지 않고, 말을 걸어도 대꾸도 않고, 나중엔 밥도 굶었다지. 정현이가 속상해하니까 이모가 어떻게 했게? 그 애 집에 대 주던 돈을 끊었어. 그 애 부모한테는 당신들 딸이 제구실을 못해서 그런 거라고 말했지."

유택이는 숨이 찬지 잠시 이야기를 멈췄다. 모두 슬금슬금 눈치를 보며 정현이 표정을 살폈다. 정현이는 무표정한 얼굴로 허리를 꼿꼿하게 세우고 있었다. 무슨 생각을 하는지 도저히 알 수가 없었다. 자기 엄마의 잔인하고 폭력적인 본성이 까발려진 것에 화가 난 건지 아니면 그저 게임에 불과하다고 여기는 건지 표정만으로는 도무지 알 수 없었다.

유택이가 다시 이야기를 시작했다.

"딸을 팔아 먹고산다는 수치심에 그 애의 아빠는 술을 마시기 시작했어. 그 애 엄마는……."

"엄마는 집에 가고 싶다고 우는 딸아이를 정현이 집에 다시 밀어 넣었어."

갑자기 도담이 목소리가 무거운 공기를 꿰뚫었다. 모두들 헉 숨을 삼켰다.

"어쩌겠어. 남편은 날마다 술에 절어 있고, 먹고살 길이 없는데. 그때부터였을 거야. 내가 정현이를 미워한 건."

도담이 목소리는 이상하리만치 높고 가늘었다. 정현이가 한 대 맞은 것처럼 멍한 얼굴로 입을 열었다. 잠에서 막 깨어난 듯 꽉 막힌 목소리가 어린아이처럼 벌벌 떨렸다.

"미워하다니, 그게 무슨 말이야? 도담이 네가 왜 나를 미워해? 내가 네 말을 얼마나 잘 듣는데 나를 미워해? 그런 말도 안 되는 소리 하지 마. 유택이 너 샘나서 이러지? 전에도 그랬잖아. 나랑 도담이가 잘 지내는 게 싫어서 엄마랑 짜고 도담이를 쫓아내더니, 나를 또 구석에 몰려고 도담이를 꼬였지? 말도 안 돼! 도담이가 나를 미워한다고? 유택이 네가 아니라?"

다은이는 믿을 수가 없었다. 저렇게 흐트러진 정현이의 모습이라니. 차갑고 도도한 정현이, 언제나 아이들을 휘어잡는 정현이는 사라지고 없었다. 마치 가면이 벗겨진 것처럼 낯선 정현이가 있을 뿐이었다.

도담이가 흥 코웃음을 치며 소리쳤다.

"내가 유택이랑 친하게 지내는 게 싫어서 그랬니? 창문을 지나갈 때마다 떨어지는 화분들, 방석에 들어 있던 뾰족한 사금파리, 찢겨서 내동댕이쳐져 있던 인형들……. 누가 믿겠어? 겨우 열 살짜리가 그런 끔찍한 일을 저질렀다는 걸 말이야. 민선이가 화분에 다쳤다는 얘기를 듣는 순간 네 짓이라는 걸 알았어. 넌 언제나 그랬으니까. 네 마음대로 안 되면 그대로 부숴 버리는 게 바로 너, 박정현이니까 말야."

아이들의 눈이 한꺼번에 정현이에게 쏠렸다. 정현이 얼굴은 이상하게 차분했다. 도담이 말에 화를 내지도, 아니라고 변명하지도 않았다. 정현이는 도담이를 뚫어져라 보다 말고 갑자기 깔깔깔 웃음을 터뜨렸다.

"거짓말! 사실이 아니야. 안 그래, 유택아? 도담이는 내가 그런 일을 벌였다잖아. 너 뭐 할 말 없어?"

유택이는 씩씩 숨을 몰아쉬며 고개를 저었다. 다은이는 유택이가 눈을 번뜩이는 표정이 낯익어 화들짝 놀랐다. 왜 저 표정이 낯익은 걸까? 다은이는 물끄러미 유택이를 바라보았다.

한참을 머뭇거리던 유택이가 입을 떼려는 순간, 태은이가 빽 소리를 질렀다.

"야! 너희들 뭐 하는 거야? 무섭잖아. 정현이 넌 갑자기 왜 그래? 너답지 않게?”

여왕벌이 사라진 벌집은 소멸한다. 아이들은 평소와 다른 정현이의 모습에 혼란을 넘어 공포를 느끼는 것 같았다. 눈앞에서 죽어 가는 여왕벌을 바라보는 일벌들처럼 붕붕 제자리에서 맴 돌고 있다.

“자, 이제 그만하자. 게임이라는데 왜들 이렇게 심각해? 분위기가 이상해졌잖아.”

교관이 손을 가볍게 흔들며 자리에서 일어나 불을 켰다. 팟, 소리와 함께 강당 안이 밝아졌다. 불빛이 눈을 파고들자 머릿속이 환해졌다. 생각났다. 유택이의 그 표정이 어떤 건지 다은이는 깨달았다. 죄책감. 다은이는 침을 꿀꺽 삼키며 속으로 중얼거렸다.

‘유택이 너 찔리는구나? 어쩔 수 없었을 테지. 도담이랑 너네 집이랑 저울질했을 테고, 넌 잘못인 줄 알면서도 너네 집을 선택했겠지. 안 그래? 내가 민선이랑 정현이 패거리 사이에서 저울질한 것처럼. 어쩔 수 없는 일이잖아. 어쩔 수 없었다고. 다시 또 그때로 돌아간다 해도 난 똑같이 할 거야. 언제까지나 찌질이로 살 순 없으니까.’

교관은 손목의 커다란 전자시계를 한참 들여다보더니 머리를 벅벅 긁었다.

“조금 이르지만……. 할 수 없지, 뭐. 일단 지하로 내려가서 저녁밥부터 먹자. 밥 먹다 보면 얼추 시간이 맞을 것도 같다.”

교관의 말에 태은이가 고개를 갸웃했다.

"무슨 시간이요? 프로그램이 또 있어요?"

교관이 아이들을 휘 둘러보며 진지한 표정으로 고개를 끄덕였다.

"그럼! 정말 중요한 일이 남아 있지. 오늘의 하이라이트라고나 할까? 자, 가자."

"정말요? 그럼 얼른 가야겠네요. 가자, 얘들아."

태은이가 혜진이를 잡아끌었다. 혜진이가 떨떠름한 얼굴로 자리에서 일어났다. 둘은 정현이를 한 번 힐끔 보고는 서둘러 강당을 나섰다. 규리도 자리에서 일어나 비척거리며 아이들을 따라나섰다. 다은이는 아이들 뒤를 따라가려다 남아 있는 셋을 돌아봤다. 셋은 저마다 생각에 푹 빠진 채 서로를 외면하고 있었다.

다은이가 정현이에게 다가가 팔을 잡아끌었다.

"정현아, 밥 먹으러 가자. 응?"

정현이는 더러운 거라도 닿은 듯 야멸치게 다은이 손을 뿌리쳤다.

"너나 가. 너 따위는 질색이야. 그동안 싫은 티 감추느라 얼마나 힘들었는지 알아? 이제 민선이도 사라졌고, 더는 네가 필요 없어. 그러니까 앞으로 아는 체 안 했으면 좋겠다."

정현이 목소리에서 찬바람이 쌩쌩 불었다. 다은이는 유택이와 도담이를 차례차례 둘러보았다. 유택이 눈에 얼핏 동정의 빛이 스쳤다. 그 눈빛을 본 순간 다은이는 정현이 말이 진심이라는 것을 깨달았다. 머리가 멍해지면서 귀가 우웅 울렸다. 머릿속에서 뭔가가 툭 끊어지더니 가슴속에서 거센 감정이 일렁였다. 다은이는 입을 꾹 다물고 문 쪽으로 몸을 돌렸다.

'나는 무슨 짓을 한 걸까? 이렇게 가볍고 가치 없는 것을 잡으려고 하나뿐인 친구를 팔아넘겨 버렸다니.'

일그러진 얼굴을 보이고 싶지 않아 다은이는 뛰다시피 강당을 빠져나왔다. 꿈을 꾸는 것처럼 정신이 몽롱해지더니 목 안에 갇혀 있던 짐승 소리가 터져 나왔다.

3부

발작

서도담

"으아아악!"

다은이가 비명을 지르더니 문을 박차고 뛰어나갔다. 유택이와 정현이가 흠칫 놀라며 눈짓을 주고받았다. 둘 다 표정이 심상치가 않았다. 속이 상하면 소리를 지를 수도 있지, 별걸 다 신경 쓴다.

도담이는 휴대폰을 꺼내며 삐죽거렸다. 몇 시쯤 됐는지 궁금했다. 통화권 이탈이다. 육지에서 한참 떨어진 곳이니 휴대폰이 되기를 바라는 건 무리다. 벌써 저녁 일곱 시, 이제 몇 시간만 지나면 캠프도 끝이 난다. 민선이 일도 조용히 묻힌 채 끝날 것이다. 마음이 홀가분해지니 저절로 웃음이 나왔다.

도담이는 살짝 웃음을 흘리다 유택이와 눈이 마주쳤다. 또 그 눈이다. 나를 불쌍하게 보는 눈. 도담이는 차갑게 유택이를 흘겨보며 생각했다. 정현이 엄마의 꼬임에 넘어가 사람을 죽일 뻔해 놓고는 저 혼자 잘난 척이라고. 그 일이 어떤 괴물을 만들었는지 유택이는 모를 거라고.

"이제 다시 예전처럼 지낼 수 있는 거지?"

정현이 목소리에 도담이는 뒤를 돌아보았다. 귀를 기울여야 겨우 들릴 만큼 작지만, 또렷한 말투다. 정현이가 도담이를 빤히 바라보고 있었다. 자기만 봐 달라는 눈, 독차지하고 싶어 하는 눈이다.

"글쎄?"

냉장고에서 콜라를 꺼냈다. 차가운 탄산 방울이 입 안에서 상쾌하게 터졌다. 가슴까지 시원했다. 정현이가 몸을 앞으로 내밀며 어린아이처럼 재촉했다.

"그게 무슨 소리야. 네가 하라는 대로 다 했잖아. 네가 꼴 보기 싫다고 해서 민선이 왕따 시켰어. 오다은을 이용해야 한다고 해서 싫은 걸 꾹 참고 패거리로 끌어들였어. 그런데 글쎄라니, 뭘 더 어떻게 하면 되는데? 어떻게 하면 예전처럼 너랑 나, 둘이 잘 지낼 수 있는 건데?"

도담이는 흠칫 놀라 강당을 둘러봤다. 다행히 세 사람뿐이었다. 도담이는 발소리를 죽이고 천천히 문으로 향했다. 밖을 살짝 내다보았다. 아무도 없었다. 조용히 문을 닫고 돌아섰다.

완벽하게 세 사람뿐이다. 엿듣고 있는 사람 따위는 없다. 새삼스레 옛날 생각이 나서 도담이는 잔인한 미소를 지었다.

"너야말로 무슨 헛소리야? 조금 친해졌다고 민선이 걔가 나를 구속하려 들기에 너한테 투덜거렸을 뿐이야. 너한테 어떻게 해 달라고 한 건 아니잖아. 나는 그저 민선이가 귀찮아서 떼어 냈으면 좋겠다고 했을 뿐이야. 게다가 오다은? 내가 뭘? 민선이랑 오다은이 친하니까 민선이에 대해 아는 게 많을 것 같다고만 했지. 너한테 뭘 어떻게 하라고 했어? 왜 생사람을 잡아?"

정현이 얼굴이 구겨졌다. 괴로워하는 정현이의 모습을 보니 도담이는 기분이 좋아졌다. 부족한 것 하나 없으면서, 세상 모든 것을 다 가졌으면서, 남의 마음까지 제멋대로 쥐락펴락하려 하다니. 도담이는 도저히 봐줄 수가 없었다.

정현이가 답답하다는 듯 발을 동동 굴렀다.

"도담아! 화분이랑 사금파리, 그거 내가 한 일 아니라고. 그거 유택이가 한 거야. 엄마랑 짜고서 너랑 나 갈라놓으려고 한 일이라니까."

"다 지난 일이야. 벌써 오 년이나 지났고, 난 다 잊고 지냈어. 아까는 유택이가 갑자기 이야기를 꺼내서 화가 났던 것뿐이야. 같은 반 됐다고 새삼 너랑 다시 얽히고 싶은 생각 없어. 이제 너도 친구 많잖아. 나랑 친구 안 한다고 뭐가 어떻게 되는 것도 아닐 텐데, 귀찮게 왜 이래?"

거짓말, 온통 거짓말이다. 도담이는 한순간도 그때 일을 잊은 적이 없었다. 희미해졌다가도 조금만 방심하면 어김없이 떠올랐다. 자기가 얼마나 형편없는 인간인지 말이다.

오 년 전, 정현이가 벌인 일들이 들통 나자 정현이 엄마는 재빠르게 행동했다. 도담이는 쥐꼬리만 한 위로금과 함께 엄마에게 돌려보내졌다. 도담이는 기뻤다. 드디어 정현이의 장난감으로 살지 않아도 된다는 게, 그리운 엄마와 함께 지낼 수 있다는 게 마냥 기뻤다.

하지만 그때는 미처 깨닫지 못했다. 정현이 집에서 나가기 위해 했던 일들이 스스로를 망가뜨릴 줄은 꿈에도 몰랐다. 정현이한테 누명을 씌우려고 방석에 사금파리를 넣고 아끼던 인형을 망가뜨린 일들이 부메랑이 되어 자신에게 돌아올 줄은 몰랐다. 자기가 어떤 짓을 했는지 빤히 알면서 다른 사람을 믿는다는 건 불가능했다. 도담이는 사람을 믿지 못하고 필요에 따라 이용만 하는 냉정한 인간이 되어 버렸다. 그러니 정현이를 미워하는 건 당연하다.

"지금 그따위 옛날 일이 중요한 게 아니잖아. 캠프나 무사히 마치자고. 정현이 너 이 캠프가 이상하다며. 탐정이라도 된 것처럼 유택이랑 둘이서 속삭거리더니 고작 한다는 일이 옛날 일이나 다시 들추는 거야? 재미없다. 밥이나 먹으러 가자고."

도담이는 야멸치게 면박을 주고 그대로 강당을 나왔다. 성현이가 절망스러운 신음을 내뱉더니 비틀거리며 따라왔다. 유택이도 뭐라 말을 꺼내려다 말고 앞질러 지하로 내려가 버렸다.

도담이는 식당으로 선뜻 들어설 엄두가 나지 않았다. 식당으로 들어서는 순간 아이들의 눈길이 쏠릴 걸 생각하니 자꾸만 머뭇거려졌다. 유택이와 정현이가 도담이를 힐끔 보고는 먼저 식당으로 들어갔다. 유리문으로 들여다본 식당은 조용하고 깨끗했다. 일곱 명의 아이들이 밥을 먹기에는 지나치게 넓었다. 차가운 회색빛의 금속 식탁에는 꽤나 풍성한 밥상이 정갈하게 차려져 있었다. 하지만 아무리 둘러봐도 밥상을 차린 사람은 눈에 띄지 않았다.

"다 먹으면 그릇 어디다 놔요?"

시무룩한 태은이 목소리가 들렸다. 유택이 이야기를 들은 다음이라 그런지 아이들은 모두 기운이 없어 보였다. 여왕처럼 받들던 정현이의 정체가 그런 식으로 까발려졌으니 실망스럽기도 할 거다. 그래 봤자 조금만 지나면 언제 그랬냐는 듯 저희들끼리 또 무리 지어 낄낄거리겠지만.

밥을 먹으면서 말을 하는 사람은 아무도 없었다. 식당 안에 조용히 울리는 밥 씹는 소리와 국 들이켜는 소리를 듣고 있자니 섬에 덩그러니 여덟 명만 있다는 사실이 새삼스럽게 실감났다. 먹는 거라면 정신을 못 차리는 규리도 오늘만큼은 입맛이 없어 보였다. 밥에는 손도 안 대고 의자에 축 늘어져 골똘히 생각에 빠져 있었다. 그러다가 이따금 정신이 든 듯 고개를 좌우로 휘저으며 눈을 번득였다. 입가에 묻은 침도 닦지 않고 혼자 중얼거리는 게 아무래도 어디가 많이 아픈 것 같았다.

마음을 다잡고 식당으로 들어서자 아이들의 눈이 도담이에게 쏠렸다. 태은이나 혜진이는 그나마 상태가 좋아 보였지만, 둘이 한 덩어리처럼 딱 붙어서 원망스러운 눈으로 도담이를 흘겨봤다. 도담이는 가슴을 쫙 펴고 고개를 빳빳이 들었다. 정현이와 유택이가 앉은 식탁에 한 자리가 비어 있어 거기에 앉았다.

미지근하게 식어 버린 사골국에 기름이 하얗게 굳어 있었다. 도담이는 숟가락을 들어 기름을 건져 냈다. 숟가락을 든 손이 후들후들 떨려 왼손으로 조심스럽게 감쌌다. 온몸의 신경이 아우성을 쳤다. 귀에 심장이 달린 것처럼 쿵쿵 소리가 울렸다. 귀를 꽉 막았다.

소리가 둔해지면서 쿵쿵 소리가 잦아드는 찰나, 정현이가 찌이익 소리를 내며 자리에서 벌떡 일어났다. 의자 끌리는 소리가 칼날처럼 귀를 파고들었다. 도담이는 눈을 치켜뜨다 흠칫했다. 자기를 노려보고 있는 정현이와 눈이 마주쳤기 때문이다.

"뭐야? 왜!"

대답 대신 정현이의 시선이 도담이 등 뒤에서 얼어붙었다. 도담이는 뒤를 돌아보았다. 어느 틈에 왔는지 바로 뒤에 나은이가 서 있었다. 얼핏 봐도 제정신이 아니었다.

다은이가 웅얼거렸다.

"너 때문이야. 너 때문에 정현이가 나를 내쳤어. 다시 왕따가 될 순 없어. 그건 너무 끔찍해."

"뭐?"

다은이 쪽으로 몸을 기울이는 순간, 목 뒤가 지끈거리며 울컥 뜨거운 게 흘러내렸다. 도담이는 손바닥으로 천천히 목을 감쌌다. 질펵했다. 검붉은색으로 물든 손바닥이 보였다. 뭐지? 귀에서 부아앙 소리가 울리더니 눈앞이 빙글빙글 돌기 시작했다.

"야! 너 뭐야!"

소리를 지르며 식탁을 돌아 달려오는 유택이가 자꾸만 시야에서 멀어졌다. 도담이는 또다시 달려드는 다은이를 뚫어져라 쳐다보았다. 핏줄이란 핏줄이 전부 비명을 질러 대는 것 같았다. 귀가 쿵쿵 울렸지만 이상하게도 마음은 차분하게 가라앉았다. 도담이는 다은이가 입을 벌리고 자기 팔에 이를 박아 넣는 것을 찬찬히 지켜보았다. 아픔은 느껴지지 않았다. 마치 몸속에서 축제의 불꽃이 팡팡 터지는 것처럼 구석구석까지 소름이 돋더니 수많은 감정이 빠르게 몸을 훑고 지나갔다. 두려움, 기쁨, 잔인함, 그리고 분노…….

"꺄아악! 물었어."

"재 잡아!"

아이들이 다은이를 도담이한테서 떼어 냈다. 다은이가 찢어지는 듯한 비명을 지르며 몸을 비틀었다. 서너 명이 달려들었지만 역부족이었다. 다은이는 목을 길게 뺀 채 조금씩 조금씩 힘겹게 도담이에게 다가갔다. 실핏줄이 불거진 푸르스름한 낯빛, 입가에서 진득거리는 검은 체액, 분노가 가득 찬 붉은 눈. 시간이 늘어져 멈춘 것처럼 도담이의 눈에는 모든 것이 또렷하고 선명했다.

"도담아, 피해!"

유택이가 있는 힘을 다해 다은이를 껴안으며 소리쳤다. 다은이가 고개를 돌리는가 싶더니 유택이의 어깨를 물어뜯었다. 격렬한 분노가 도담이의 머릿속을 헤집으며 폭풍우처럼 몰아쳤다.

"오다은!"

도담이는 외마디를 지르며 다은이에게 달려들었다. 유택이의 몸이 저쪽으로 날아가는 게 보였다. 쿵쿵 소리가 울리나 싶더니 교관이 도담이와 다은이에게 검은 막대를 겨눴다. 스프링과 함께 작은 쇳조각이 튀어나와 도담이 등에 꽂혔다. 찌릿, 전기가 등을 타고 온몸으로 퍼져 나갔다. 갑자기 주위의 소음이 사라지면서 눈앞에 붉은 안개가 몰려왔다. 다은이와 뒤엉켜 바닥에 쓰러지며 도담이는 생각했다. 이사장이 원망스럽다고. 이런 말도 안 되는 캠프에 보내다니.

"뭐야? 아까 그거?"

혜진이가 기가 막히다는 듯 툴툴댔다.

"전자총."

태은이가 혜진이 앞에 놓인 종이컵에 따뜻한 물을 부으며 대답했다. 순간 아이들 얼굴이 일그러졌다. 침대에 혼자 걸터앉아 있던 정현이 얼굴은 죽은 사람처럼 창백해졌다.

"그게 말이 되니? 오다은이 미친 사람처럼 굴긴 했지만, 그렇다고 학생한테 전자총이라니. 이건 우릴 전부 범죄자 취급하는 거잖아. 여기가 무슨 감옥이니? 감옥이냐고!"

분통을 터뜨리는 아이들을 봐도 규리는 이상하게 화가 나지 않았다. 평소 같으면 다른 아이들이 화를 내기 전에 먼저 나서서 이것저것 따지고 들었을 텐데. 열이 펄펄 오르면서 눈앞이 뿌연 게 자꾸 드러눕고 싶었다.

등 뒤에서 차분한 목소리가 들려왔다.

"몰랐니? 여기 감옥이야. 우린 벌 받는 거 맞고."

아이들이 뒤를 돌아봤다. 아이들의 시선을 따라 규리도 고개를 돌렸다. 정현이다. 늘 당당하고 예뻐서, 너무나 부러워서 닮고 싶은 정현이가 축 처진 빨래처럼 침대에 걸터앉아 있었다. 그 모습을 보니 어쩐지 정현이가 가깝게 느껴졌다. 날마다

긴 시간을 같이 보내면서도 규리는 정현이가 언제나 멀게 느껴졌다. 여왕처럼 명령을 내리면 그 명령에 따르는 것 같은 사이. 친구라기보다는 주인과 종 같은 관계 말이다.

그런데 도담이에게 집착하는 정현이를 본 순간 규리는 깨달았다. 정현이도 자기와 다르지 않다는 사실을. 정현이도 사랑받고 싶어 조바심을 내고 속을 끓이는 평범한 여자아이였다. 그 순간, 정현이는 왕좌에서 걸어 내려와 아이들과 같은 위치에 선 것이다. 어쩌면 이제야 비로소 친구라는 이름에 걸맞은 사이가 될지도 모른다는 생각에 규리는 묘하게 마음이 들떴다.

"그게 무슨 소리야? 감옥이라니?"

혜진이가 송곳처럼 뾰족한 말투로 캐물었다. 다른 아이들도 정현이가 더는 예전 같지 않다고 느끼는 듯했다. 정현이처럼 철두철미한 아이가 아이들의 태도가 바뀐 것을 모를 리 없었다. 그런데도 정현이는 모르는 척 이야기를 계속했다.

"이 캠프, 상담이라는 거 다 거짓말이라고. 그저 민선이를 자살로 몰고 간 우리한테 벌을 주려는 것뿐이야. 잘 봐. 프로그램도 없어. 사람도 달랑 교관 한 명뿐인 데다, 건물 봤어? 밖에는 아무것도 없고. 그나마 빠져나가지 못하게 창문까지 다 막아 놨잖아. 우리끼리 가둬 놓고 실컷 괴롭힐 계획인 거야."

"마, 말도 안 돼."

태은이가 벌벌 떨며 웅얼거렸다. 혜진이가 태은이를 꼭 안았다.

'그러고 보니 이상해. 보건실에 누워 있는 나를 깨워서 강당으로 들여보낸 사람은 누구지? 교관인 줄 알았는데. 내가 강당에 갔을 때 교관은 이미 강당에 있었어. 그럼 교관 말고 또 다른 사람이 건물 안에 있단 말이야? 그런데 왜 아무도 안 보이지? 뭔가 이상해. 이상해…….'

규리는 끊임없이 떠오르는 의문에 몸을 떨었다.

"촛불까지 켜 놓고 우리가 학교 일을 털어놓게 분위기를 몰아갔어. 비밀이 있는 사람은 비밀을 털어놓고 싶어서 안달이 나지. 비밀을 듣고 싶다면 간단해. 아무렇지도 않게 이야기할 자리만 만들어 주면 그만인 거야. 거짓말 게임은 함정이었던 거야. 우리는 멍청하게 그 함정으로 풍덩 뛰어든 거고."

정현이 목소리가 열에 들뜬 사람처럼 커졌다. 모두 입을 쩍 벌린 채 제자리에 얼어붙었다.

"너희도 알고 있었잖아. 그냥 모르는 척 다른 사람한테 묻어가고 싶었던 거지. 너희가 민선이한테 저지른 일들이 민선이를 구석으로 몰았다는 거 모르지 않았을 텐데."

정현이가 아이들을 한 명씩 찬찬히 둘러보았다. 정현이와 눈이 마주친 아이들은 저도 모르게 움찔했다. 정현이는 규리의 붉은 눈과 마주쳐도 눈 하나 깜짝하지 않았다. 규리도 정현이의 눈길을 피하지 않았다. 두 사람은 서로를 물끄러미 바라보았다. 공범자의 눈으로 서로를 냉정하게 관찰했다. 정현이가 피식 웃더니 허공으로 눈을 돌렸다. 아이들은 서로 껴안은 채 규리와 정현이를 힐끔거렸다.

"그게 무슨 소리야. 우리는 너랑 규리가 하는 대로 보고만 있었을 뿐이야. 나서서 민선이를 괴롭히진 않았다고."

태은이에 이어 혜진이도 더듬거리며 소리쳤다.

"그, 그래. 규리야말로 사사건건 민선이를 못 잡아먹어서 난리였지. 민선이를 도둑으로 몬 것도 규리랑 오다은이잖아. 우, 우린 몰라. 모르는 일이라고."

"하하하하하."

정현이가 느닷없이 웃음을 터뜨렸다. 한번 터진 웃음이 좀처럼 가라앉지 않는지 배를 쪼그리고 웃어 대더니 눈물까지 줄줄 흘리고서야 간신히 웃음을 멈추었다. 정현이가 낄낄거리며 이야기를 했다.

"너희들 정말 재미있다. 그래, 너희 말대로 나랑 규리가 민선이를 괴롭혔어. 그래서 너희 중 단 한 명이라도 그게 잘못됐다고 나서서 말한 사람 있어? 난 기억 안 나네. 규리가 한마디 하면 기다렸다는 듯이 뒷담화에 소문 부풀려 퍼뜨리기까지. 너 혜진이, 내가 모르는 줄 알아? 그 점퍼, 네가 그랬잖아."

혜진이 얼굴이 벌게졌다. 혜진이는 새된 목소리로 끽끽 소리쳤다.

“왜 나한테 그래? 네가 그랬잖아. 그날. 저 점퍼 꼴 보기 싫다고. 너랑 같은 점퍼라 싫다고.”

정현이가 순순히 고개를 끄덕였다.

“그랬지. 맞아, 내가 그 말 한 기억은 나. 그래서? 내가 뭐라고 하던? 맘에 안 든다는 말도 못해?”

옆에서 잠자코 있던 태은이가 울먹였다.

“그 말이 그거잖아. 너는 언제나 그랬어. 네가 마음에 안 든다고 하면 우리가 나서서 무슨 일이든 해야 했지. 안 그러면 은근슬쩍 협박했어. 우리 중에 패거리에 안 어울리는 사람이 있다고. 패거리에 들어오고 싶어서 줄 서 있는 아이들이 한둘이 아니라고 말이야. 그러면서 우리 둘을 보고 실실 웃었잖아. 나랑 혜진이는 둘이니까 패거리가 필요 없겠다고 했잖아. 그래서 우리가 그런 거야. 우리한텐 패거리가 정말 중요했으니까. 떨려 날까 봐 무서웠으니까. 점퍼 찢은 것도 도담이 상담 시간 훔쳐본 것도 다 네가 시킨 걸 한 것뿐이라고.”

혜진이가 정현이와 규리를 번갈아 노려보며 소리쳤다.

“하지만 민선이를 밀지는 않았어. 아무리 정현이 네가 민선이를 마음에 안 들어했어도 그런 짓은 안 했다고. 민선이 떨어지기 전에 규리 너랑 싸웠잖아. 규리 네가 창문 옆에 있던 거 우리 다 봤어.”

“뭐! 그래, 싸웠다. 그래서 뭐!”

태은이의 말에 규리가 버럭 화를 냈다.

그랬다. 민선이는 무섭게 달려들었다. 아니라고, 자기가 한 게 아니라는 규리의 말 따위는 듣지도 않았다. 그때 한 대 치지 말걸 그랬다. 하필이면 담임 눈에 띄어서 창문 청소를 하게 된 게 잘못이었다. 담임이 창문 청소만 안 시켰어도 민선이가 떨어질 일은 없었을 텐데. 그리고 정현이도……. 규리는 입을 꾹 다문 채 정현이를 노려보았다.

정현이는 눈물을 닦으며 히죽거렸다.

"너희는 아직도 모르겠니? 그게 바로 너희가 하길 바랐던 역할이야."

아이들의 눈이 공포에 질려 점점 커졌다. 잠시 침묵이 흘렀다.

"그, 그럼 네 말은 민선이를 왕따 시키려고 우리를 이용했다는 뜻이야?"

태은이가 겨우 입을 열었다. 규리는 짜증이 나서 건너편의 두 아이를 흘겨보았다. 바보들. 그걸 꼭 말로 확인해야 아니.

정현이가 똑바로 태은이를 바라보며 당당하게 말했다.

"당연하잖아. 안 그럼 내가 왜 너희 같은 애들이랑 어울리겠니?"

"뭐라고?"

"말도 안 돼!"

"정현아!"

아이들이 소리쳤다. 규리는 깊은 수렁 속으로 몸이 쑥 끌려들어가는 듯한 기분에 숨을 멈추었다. 이제야 알 것 같았다.

늘 곁을 안 주던 정현이의 속내를. 더 친해지려고, 주목받으려고, 갖은 짓을 다 했던 게 너무나 우습게 느껴졌다.

규리는 바싹 마른 입술을 겨우 떼었다. 입술이 찌익 갈라졌다.

"뭣 때문에 민선이한테 그런 거야? 우리까지 속이면서."

표정이 갑자기 어두워지더니 정현이가 나지막이 웅얼거렸다.

"도담이."

도담이한테서 민선이를 떼어 내고 싶었다는 말이겠지. 규리는 피가 머리로 확 쏠리는 것 같았다. 정현이의 얼굴은 더 이상 아이들에게 관심 없다는 듯 차가웠다.

우리가 정말 너한테 아무것도 아니었니? 성난 목소리가 규리의 마음속에 휘몰아쳤다. 그러면서 마음 한구석에서 자책하는 마음이 들었다. 내 잘못이다. 친구라는 건, 사랑받는다는 건, 그냥 내 모습 그대로 사랑받는 걸 텐데. 내가 뭘 해야 사랑받는 게 아닐 텐데. 난 왜 그렇게 어리석게 굴었던 걸까? 정현이가 하라는 대로 남을 괴롭히고, 선생님에게 관심받으려고 선생님을 따라 하고. 그럴수록 정현이도 선생님도 점점 더 나를 무시했는데. 왜 그걸 이제야 깨달은 걸까?

'아빠가 아빠 딸 규리 사랑하는 거 알지?'

아빠 얼굴이 떠올랐다. 충분히 사랑받고 있었는데, 왜 그렇게 사랑받으려고 안달을 한 걸까.

태은이가 울먹이며 정현이 어깨를 잡았다.

"거짓말 마. 나, 네 말 안 믿어. 네가 우리랑 좀 다른 건 알고 있었어. 마음을 터놓는 것도 힘들어하고. 하지만 그렇다고 도담이랑 다시 친해지려고 우릴 이용했다는 게 말이 되니? 게다가 고작 그런 일로 민선이를 괴롭혔다는 게 말이 되냐고! 그 일 때문에 민선이가 죽어 버렸는데 넌 아무렇지도 않아? 어떻게 그럴 수가 있냐고!"

혜진이도 일어나 정현이에게 다가갔다.

"너는 우리를 이용했을지 몰라도 난 아니야. 난 우리 패거리가 좋았는데……."

혜진이는 말을 하다 말고 엉엉 울기 시작했다. 태은이가 얼른 혜진이에게 다가갔다. 둘이 꼭 껴안더니 금세 울음바다가 되었다. 태은이가 눈물범벅이 된 얼굴을 규리에게 돌리더니 손을 꼭 잡았다. 규리는 저도 모르게 몸이 빳빳하게 굳었다.

"뭐, 뭐야. 너희들 왜 울고 난리야. 싫단 말이야, 이런 분위기!"

규리의 말이 도화선이 됐는지 둘의 울음소리가 더 커졌다. 태은이가 소리쳤다. 울음이 섞여 알아듣기가 힘들었다.

"어떻게 안 울어! 도대체 우리는 뭘 한 거니? 같이 어울려 다니면서 무슨 짓을 한 거냐고? 기껏 했다는 게 민선이나 따돌린 거야? 그것도 정현이한테 속아서! 엉엉, 민선이가…… 죽은 거, 흑흑, 그러잖아도 맘에 걸렸는데……. 우린 도대체 무슨 짓을 한 거야!"

"새삼스럽게 왜들 이래. 울지 마! 너희만 속상한 거 아니야.

나도 미칠 것 같다고!”

규리는 태은이 손을 홱 뿌리치며 뒷걸음쳤다. 울컥, 마음이 요동쳤다. 민선이도 이랬겠구나, 다은이가 떠났을 때. 갑자기 가슴이 답답해지면서 짜증이 났다.

‘뭐야! 내가 왜 그깟 왕따의 마음을 이해해야 하는데!’

눈앞으로 붉은 안개가 몰려들었다. 머리가 어질어질했다. 방에서 나가야겠다. 규리는 천천히 일어섰다. 비틀거리며 문을 열었다.

문 앞에서 누군가 규리를 맞았다. 마치 규리가 나오기를 기다리고 있었던 것 같았다. 붉은 눈을 한 지옥의 사자가.

숨 쉴 틈도 없이 다은이가 달려들었다. 배에서 겪은 일이 데자뷔처럼 또렷하게 살아났다. 규리는 다은이의 허리를 잡고 있는 힘껏 복도 벽으로 밀어붙였다. 남은 힘을 다해 소리쳤다.

“애들아, 빨리 밖으로 나가!”

눈앞에서 울부짖고 있는 다은이의 얼굴은 사람의 것이 아니었다. 검은 눈동자는 이미 사라졌다. 붉고 번들거리는 타원형의 눈에는 규리를 향한 분노가 가득했다. 꽥 소리를 지를 때마다 얼굴에 퍼져 있는 검은 실핏줄이 실룩였다. 다은이의 입가에서 검붉은 점액질이 줄줄 흘러나오고 있었다.

“규리야! 같이 가!”

누가 규리 팔을 잡아당겼다. 정현이였다. 규리는 힘겹게 버티며 정현이를 밀어냈다.

"빨리 가. 가서 교관 찾아와. 알았지?"

정현이가 고개를 끄덕이더니 재빨리 복도 끝으로 달려갔다. 태은이와 혜진이가 뒤를 따라 뛰어가며 소리쳤다.

"조금만 버텨. 조금만!"

세 사람의 목소리가 복도를 따라 희미하게 흩어졌다. 아이들의 모습이 사라지자 기운이 탁 풀렸다. 귀에서 엄청난 고통이 느껴지더니 목을 타고 피가 왈칵 흘렀다. 눈앞이 하얘지면서 다은이의 얼굴이 희미해졌다.

뜬금없이 민선이 얼굴이 떠올랐다.

'미안해, 민선아. 너한테 그러지 말걸.'

규리는 두 눈을 질끈 감았다.

박정현

아이들이 울고불고 난리다. 정현이는 고개를 돌렸다. 변명할 기운조차 없었다.

"뭣 때문에 민선이한테 그런 거야? 우리까지 속이면서."

규리가 물었다. 어디서부터 이야기해야 할지 몰라 정현이는 아이들의 시선을 피했다. 창밖으로 먹빛 하늘이 보였다. 하늘에 낮게 드리운 구름이 바람에 날려 빠르게 흘러갔다. 날씨가 점점 거칠어졌다. 내일은 날씨가 맑아야 할 텐데. 지금 날

씨 같으면 배가 섬을 떠나지 못할 것 같았다.

태은이가 어떻게 자기들을 속일 수 있느냐며 고통스러운 눈빛으로 정현이를 쳐다보았다. '어떻게'라니. 정현이는 애초에 자기 자신이 아닌 다른 사람을 믿을 수 있다는 게 신기했다. 사람들은 어떻게 다른 이들을 믿고 사랑하는 걸까? 어떻게 친구를 사귀고 서로의 이야기를 하는 걸까? 정현이로서는 도저히 이해할 수 없는 일이다. 자기들을 이용했다고? 새삼스러울 것도 없는 일로 저렇게 난리를 치니 이상한 일이다. 어차피 패거리를 이룬 것도 서로를 이용하기 위해서였으면서.

여자아이들은 혼자 있는 걸 싫어한다. 싫어하다 못해 두려워한다. 혼자 있다는 것은 남들과 다르다는 걸 뜻하기 때문이다. 여자아이들은 자신과 다른 사람들은 참아 내지 못하는 종족이다. 무리에 끼지 못한 아이는 은근한 괴롭힘과 외로움을 견뎌야 한다. 그러니 혼자 지내는 것을 두려워하는 게 당연하다. 여자아이들 사이에 어느 무리건 들어가야 한다는 긴장감과 초조함이 가득한 것도 이해가 된다. 서로 좋아해서 친구가 된다고? 그러기에는 시간이 너무 부족하다. 일단 무리를 이루고 나서 그 안에서 마음에 들지 않는 아이를 다시 걸러 내는 편이 훨씬 수월하다. 패거리를 이룬 다음에는 그 안에서 결이 다른 아이를 골라내는 작업에 들어간다. 조금이라도 삐끗하면 무리에서 떨려 난다는 두려움이 새롭게 시작된다.

민선이의 일은 너무도 간단했다. 패거리 안의 분란을 잠재

우는 가장 훌륭한 방법은 바깥에 적을 만드는 거니까. 정현이는 그저 민선이라는 공격 대상을 점찍어 주었을 뿐이다. 나머지 일은 손댈 필요도 없이 저절로 굴러갔다. 아이들은 패거리에서 떨려 나지 않으려고 최선을 다해 민선이를 공격했다. 민선이를 공격하고부터 패거리는 눈에 띄게 안정됐다. 이야깃거리도 늘고 유치한 계획을 세우면서 같이 보내는 시간도 늘어났다. 누가 먼저랄 것도 없이 나서서 민선이를 욕하고 소문을 퍼뜨렸다.

여자아이들의 세계란 그런 것이다. 잔잔한 호수에 떠 있는 백조들처럼 겉으로는 평온하지만 조금만 들여다보면 소리 없는 섬뜩한 전쟁이 매일매일 벌어지고 있다. 정현이는 입술을 쭉쭉 빨았다. 자기는 패거리를 만들었고 다른 아이들은 그 안에 자신들의 피난처를 만들었을 뿐이다. 그런데 이제 와서 새삼 자기들을 이용했다고 하다니.

"나는 너희가 정말 좋아, 엉엉엉."

태은이와 혜진이가 서로 부둥켜안으며 울음을 터뜨렸다. 정현이는 축 처진 채 생각했다. 진심일까? 어쩌면 그럴지도 모른다. 저 둘 사이에 우정이라는 게 존재한다면 그것만큼 부러운 일도 없다. 규리가 움찔하며 물러서는 게 보였다.

'너도 참 딱하다.'

정현이는 새삼 규리가 측은하게 느껴졌다. 도담이에게 집착하는 자신의 모습과 정현이에게 집착하는 규리가 묘하게 겹쳐 보였다.

바각바각.

문밖에서 귀에 거슬리는 소리가 들렸다. 꼭 문을 긁는 소리 같았다. 다른 아이들은 감정이 격해져서인지 눈치채지 못한 것 같았다. 정현이가 일어나 문을 열려는데 규리가 선수를 쳤다. 규리 어깨 너머로 잔뜩 웅크린 검은 물체가 보였다. 뭐지, 하며 다가가려는데 웅크렸던 물체가 서서히 몸을 곧추세웠다. 등골이 서늘해졌다. 정현이는 머리를 한 대 얻어맞은 것처럼 퍼뜩 깨달았다. 이 순간, 캠프 내내 두려워하던 것과 마주하고 있다는 것을.

다은이는 흡사 영화에서 보던 좀비 같았다. 입에서 진득거리는 검은 액체가 뚝뚝 떨어지고, 구부정하게 선 채 치켜뜬 눈에서는 붉은 피가 흘러내리고 있었다. 바이러스! 이사장의 말이 정현이의 뇌리를 스쳤다.

'이사장이 말한 바이러스에 감염된 걸까? 그렇다면 옮을 수 있다는 거잖아!'

정현이는 헉 숨을 멈추고 손바닥으로 코와 입을 틀어막았다. 재빨리 방 안을 훑었다. 무기로 쓸 만한 게 하나도 없었다. 창문도 좁고 철망이 쳐져 빠져나가기도 글렀다. 태은이와 혜진이가 꺅 비명을 질렀다. 비명 소리에 흥분했는지 다은이가 다짜고짜 달려들어 정현이 팔을 잡았다. 뒤틀리고 마른 손가락이 정현이 옷을 잡고 늘어졌다. 정현이는 기를 쓰고 다은이의 손을 떼어 냈다. 손가락 끝만 하얗게 부풀어 올라 시체 손가락 같았다.

살아남으려면 어쩔 수 없어. 냉혹한 생각이 떠올랐다. 눈앞에 규리의 두툼한 등판이 보였다. 밀어! 마음속에서 누군가가 속삭였다. 규리를 밀어. 그 틈에 빠져나가면 돼! 정현이는 천천히 두 손을 규리에게 뻗었다. 힘을 주어 등을 밀려는 찰나, 규리가 다은이를 향해 달려들었다.

"얘들아, 빨리 밖으로 나가!"

고개를 돌려 소리치는 규리와 눈이 마주쳤다. 낯선 감정이 정현이의 가슴을 꿰뚫고 지나갔다. 왜? 왜 다른 사람을 위해 저렇게까지 하는 거지? 뜨거운 뭔가가 가슴속에서 울컥 치밀었다. 등을 떠밀려던 손으로 규리의 팔을 잡으며 정현이가 입을 열었다.

"규리야, 너도 가자."

규리가 고개를 저으며 정현이를 밀어냈다. 정현이는 다은이를 피해 재빨리 복도로 뛰어나갔다. 달아나면서도 자꾸만 눈길이 규리에게로 향했다. 복도의 어둠 속으로 규리의 모습이 휙 빨려 들어갔다.

"빨리 와! 이쪽이 문이야."

둥그렇게 굽은 복도를 따라 정현이는 구르듯 달렸다. 비상구 표시등의 초록색 불빛이 복도에 무섭게 깔려 있었다. 얼마쯤 달렸을까, 눈앞이 조금씩 밝아졌다. 네모난 유리문에서 흘러 들어오는 달빛을 본 순간 정현이는 마음이 턱 놓였다. 문만 나가면 살 수 있다. 아까 본 게 무엇이건 간에 이 건물을 빠져나가 배를 타면 된다. 정현이는 유리문을 향해 죽을힘을 다해 달렸다. 다리가 마음처럼 움직여 주지 않아 자꾸만 휘청거렸다.

"저기 봐, 교관이야!"

등 뒤에서 혜진이의 안도하는 목소리가 들렸다. 아이들이 우르르 정현이를 앞질러 뛰어갔다. 교관을 부르며 뛰어가는 아이들의 발걸음이 유난히 가벼워 보였다. 희미한 불빛을 등지고 서 있는 교관이 보였다. 교관은 아이들을 힐끔 보고는 천천히 유리문을 열고 밖으로 나갔다. 그러더니 유리문을 닫고 팔을 위로 뻗었다. 철컥. 잠금장치 돌아가는 소리가 복도에 울렸다. 정현이는 경악스러운 눈으로 교관을 바라보았다. 어두워서 우리를 못 본 걸까?

"교관님!"

"교관님! 열어 줘요!"

태은이와 혜진이가 유리문을 쾅쾅 두드렸다. 교관은 일말의 흔들림 없는 표정으로 아이들을 노려보았다. 그제야 정현이는 교관이 일부러 문을 잠갔다는 사실을 깨달았다.

"왜! 왜 이러는 거야!"

분노가 치밀었다. 도대체 왜? 머릿속에서 '왜?'라는 질문이 수도 없이 반복됐다. 정현이는 필사적으로 유리문을 흔들었다. 유리문이 텅텅 소리를 내며 앞뒤로 크게 흔들렸다. 교관은 세 사람을 빤히 바라보다 주머니에서 리모컨을 꺼냈다. 그러고는 잠시 머뭇거리며 뭐라고 중얼거렸다. 미안하다. 교관은 세 사람에게 미안하다고 말하고 있었다.

교관이 손에 든 리모컨 버튼을 눌렀다. 찌이잉 소리와 함께 유리문 너머로 검은 셔터가 내려왔다. 우우웅 거칠게 유리문에 부딪치던 바람 소리가 점점 희미해지더니 마침내 적막이 깔렸다. 갇혔다. 물컹한 늪 속으로 빨려 들어간 것처럼 소리와 빛이 순식간에 사라졌다. 정현이는 미친 듯이 유리문에 몸을 던졌다. 둔탁한 아픔이 어깨를 파고들었다.

"열어! 열어 달란 말야!"

태은이가 손바닥으로 유리문을 쳤다. 텅텅 소리가 복도를 가득 메웠다.

"유리문을 깨야 해!"

혜진이가 빽 소리쳤다. 아이들은 희미한 초록색 불빛에 의지해 필사적으로 복도를 뒤졌다.

"아무것도 없어!"

태은이가 울음을 터뜨렸다. 혜진이가 태은이를 꼭 껴안으며 말했다.

"괜찮아. 다른 곳으로 나가면 돼"

정현이는 혜진이를 멍하니 바라보았다. 어둠 속에서도 혜진이의 핏빛 눈이 선명하게 보였다.

혜진이가 물었다.

"넌 뭔가 알고 있었던 거지? 그렇지?"

정현이는 말없이 고개를 끄덕였다. 혜진이가 다짜고짜 멱살을 잡더니 정현이를 내팽개쳤다. 정현이는 중심을 잃고 복도에 나동그라졌다.

"알면서 우리를 여기까지 데리고 와? 너 오늘 잘 걸렸다. 지금까지 네가 좋아서 떠받든 줄 알아? 돈 좀 있다고 학교에서 거들먹거리는 꼴 참느라 얼마나 속이 뒤틀렸는지 알아? 제 엄마 앞세우고 잘난 척하긴. 재수 없게!"

배로 등으로 혜진이의 발길질이 쉴 새 없이 내다 꽂혔다.

"혜진아, 참아! 하지 마!"

태은이가 혜진이를 뜯어말렸다. 혜진이는 거칠게 숨을 내뱉으며 허공에 발을 휘둘렀다. 정현이는 가까스로 몸을 일으켰다. 다리를 심하게 맞았는지 힘이 들어가지 않았다. 다리를 감싸 안고 고개를 들었다. 아이들의 눈길이 싸늘했다.

"가자. 뒷문이 있을지도 몰라."

태은이는 벽에 기대앉은 정현이에게 눈을 고정한 채 차갑게 말했다. 태은이의 말이 공허하게 들렸다. 태은이라면 벌써 눈치챘을 거다. 가능성이 없다는 걸 말이다. 전부 여기서 죽을 거라는 걸.

정현이는 자리에서 일어나려다 비명을 지르며 주저앉았다. 오른쪽 무릎이 꺾인 것 같았다. 무식한 혜진이 계집애. 벽에 기대어 태은이와 혜진이가 어둠 속으로 사라지는 모습을 지켜봤다. 스윽스윽 카펫을 스치는 발소리가 조금씩 멀어지더니 마침내 고요해졌다. 카펫에서 퀴퀴한 냄새가 올라왔다. 보기보다 깔끔하지 않았던 거다.

발작처럼 웃음이 터져 나왔다. 보기와는 다른 게 어디 한두 가지여야지. 우아한 엄마는 보기와는 다르게 딸을 학대한다. 능력 있는 교육자처럼 보이는 이사장은 뒷돈을 받고 학생들을 입학시킨다. 아이들의 부러움을 받는 패거리의 정체는 혼자가 될까 두려워서 모인 이기적인 집단일 뿐이다.

정현이는 기운이 없어 카펫에 그대로 드러누웠다. 머리가 핑 돌았다. 초록색 천장도 천천히 돌았다. 혜진이가 저러는 게 당연하다는 생각이 퍼뜩 들었다. 이용 가치가 떨어진 아이를 패거리에서 내쫓는 걸 수없이 봤으니 혜진이는 배운 대로 행동한 거다. 정현이는 허탈함에 키득키득 웃었다. 자기가 한 행동이 부메랑이 되어 돌아온 셈이다.

어둠 속에 누워 있으려니 이사장의 이야기가 떠올랐다. 하나씩 앞뒤가 맞아 들어갔다. 아마 다은이는 바이러스에 감염된 걸 거다. 도담이를 물 때 다은이의 행동은 평소와 너무 달랐다. 게다가 빨간 눈과 줄줄 흐르는 검은 점액까지. 잠깐 스쳤던 혜진이의 핏빛 눈이 떠올라 정현이는 다시 한 번 키득거렸다. 어쩐지 혜진이가 너무 거칠게 군다 싶었다. 폭력적인 행동이나 버럭 화를 내는 것도 바이러스 감염 증상이 아닐까? 그렇다면 같이 사라진 채은이의 운명도 뻔하다. 결국 혜진이에게 물어뜯기겠지.

"이사장! 이 나쁜 놈!"

저절로 욕이 튀어나왔다. 정현이는 화를 못 이기고 벽을 주먹으로 퍽퍽 내리쳤다. 화가 가라앉기는커녕 애꿎은 손만 아팠다.

갑자기 뭔가 지익직 끌리는 소리가 복도 끝에서 들려왔다. 정현이는 고개를 번쩍 들고 어두운 복도를 뚫어져라 살폈다. 어둠에 익숙해진 눈에 천천히 다가오는 사람의 모습이 설핏 스쳤다. 드디어 올 것이 왔다. 목구멍 깊숙한 곳에서부터 왈칵 두려움이 올라왔다. 걸음걸이가 뻣뻣한 게 부자연스럽다. 누굴까? 오다은일까? 아니면 혜진이일까? 혹시 도담이일까? 물리면 죽는 걸까? 아니면 오다은처럼 비참하게 변해 버리는 걸까?

정유택

찌걱찌걱. 복도에서 발걸음 소리가 들렸다. 그 소리가 이상하게 신경을 긁었다. 유택이는 불길한 기분을 떨쳐 내려 애를 썼다. 식당에서 벌어진 사건 때문에 신경이 곤두섰다. 그저 발소리일 뿐이라고 넘기려 해도 자꾸만 복도에 신경이 쏠렸다.

저녁 식사 시간은 말 그대로 아수라장이었다. 교관은 전자총으로 도담이와 다은이를 기절시켰다. 영화에서나 봤던 전자총을 쏘다니 당황스러웠지만 어쩔 수 없다는 생각을 했다. 그러지 않았다면 도담이와 다은이의 싸움을 멈출 수 없었을 것이다.

도대체 그 두 사람은 어떻게 된 일일까? 그 얼굴하며 붉은 눈은 섬뜩하다 못해 공포 영화를 보는 것 같았다. 괴상한 소리를 지르며 물기까지 하다니. 유택이도 여자아이들이 화가 나면 무섭다는 건 알고 있었지만, 이건 예상을 훨씬 뛰어넘었다. 다른 여자아이들 반응으로 보아 자기들끼리도 흔한 일은 아닌 듯싶었다.

여자아이들이 하나같이 울음을 터뜨리며 소리를 질러 댔기 때문에, 기절한 도담이와 다은이를 교관과 유택이가 한 명씩 맡아 보건실로 데려가야만 했다. 두 아이를 보건실 침대에 눕히고 교관은 둘의 상태를 꼼꼼히 살폈다. 교관 어깨 너머로 보니 도담이의 상처는 생각보다 심했다. 살점이 떨어져 나간 왼쪽 목에서 피가 계속 흘렀다.

"괜찮겠죠?"

유택이는 조심스럽게 교관에게 물었다. 알코올 소독을 하던 교관이 어깨를 으쓱했다.

"응, 경동맥이나 심각한 혈관을 건드리진 않았어. 흉터는 남을 것 같은데."

"그렇군요."

유택이는 끊어질 듯 가는 숨을 내뱉는 도담이를 무거운 마음으로 내려다봤다. 도담이는 언제나 미움을 받는다. 미움이라기보다는 질투나 시기의 대상이라고 해야 할까. 도드라지는 아이라 어쩔 수 없다. 가까이 다가오는 사람들을 매몰차게 내치는 도담이의 성격도 미움을 사는 데 한몫했다. 다른 사람을 믿지 못하는 탓이라는 걸 알기 때문에 뭐라 할 수는 없었다. 그렇게 만든데 유택이 자신의 책임도 컸다.

유택이는 새삼스럽게 가슴이 뜨끔거렸다. 아무리 이모가 시켰다 해도 그따위 짓은 하지 말았어야 했다. 하지만 어쩔 수 없었다. 화분만 떨어뜨리면 이모는 유택이네를 도와주겠다고 했다. 도담이를 향해 떨어지던 화분이 아직도 한 장면 한 장면 또렷하게 기억난다. 얼마나 후회했는지 모른다. 도망치듯 이모 집을 나오면서 유택이는 결심했다. 다시는 다른 사람들 일에 끼어들지 않겠다고. 지켜만 보리라고. 부딪혀 다치고 상처 주는 사람들의 일 따위에서 비켜서서 철저히 방관자가 되리라 결심했었다.

교관이 다은이를 힐끔 보더니 보건실 문을 열었다.

"이제 괜찮을 거야. 재들 한숨 푹 자게 나가자. 그나저나 넌 괜찮니? 아까 물린 데."

"네, 살짝 스치기만 했어요."

유택이는 팔을 휘저어 보이다가 팔이 뜨끔거려 저도 모르게 움찔했다. 교관이 혀를 끌끌 차며 주머니에서 자물쇠를 꺼냈다.

"그, 그건 왜……."

자물쇠를 채우며 교관이 부드럽게 대답했다.

"다른 아이들이 방해하면 안 되잖아. 도담이가 깨어나서 인터폰 하면 열어 줄게."

교관의 눈이 이상하게 빛났다. 유택이는 교관과 맞설 엄두가 나지 않아 마지못해 고개를 끄덕였다.

지익지익. 또다시 소리가 들려왔다. 다리를 저는 소리 같기도 하고 뭔가를 질질 끄는 소리 같기도 하다. 유택이는 문에 바짝 귀를 댔다. 발소리가 조금씩 멀어졌다. 유택이는 살그머니 방문을 열었다. 구부러진 복도 끝으로 누가 비척거리며 사라졌다. 다은이였다! 등골이 오싹했다. 어떻게 문을 열고 나온 거지? 교관이 열어 줬나?

유택이는 발소리를 죽이며 살금살금 다은이 뒤를 따라갔다. 다은이는 강당을 지나 어두운 복도를 이상하리만치 천천히 걸었다. 중심 잡기가 힘든지 몸이 좌우로 크게 흔들렸다. 팔을 몸에 딱 붙인 채 옆으로 흔들거리며 반걸음씩 앞으로 나아가는 모습이 꼭 좀비 같았다.

다은이가 갑자기 걸음을 멈췄다. 정현이 방 앞이었다. 유택이는 어둠 속에 몸을 숨겼다. 심장이 몸 밖으로 튀어나올 것처럼 세차게 뛰었다. 다은이는 뻣뻣해 보이는 팔을 앞으로 뻗어 문을 툭툭 치기 시작했다. 문을 열려는 모양인데 팔이 마음먹은 대로 움직여 주지 않는 것 같았다. 안간힘을 다해 문을 열려는 다은이를 보며 유택이는 마음이 조마조마했다. 정현이가 당장이라도 문을 열고 나올 것만 같았다.

교관을 부르러 가려다 유택이는 고개를 저었다. 밖에서 자물쇠를 풀지 않고서는 다은이가 보건실을 빠져나올 수 없었을 거다. 누가 자물쇠를 뜯지 않았다면 다은이를 풀어 준 사람은 교관이라는 말이 된다. 도대체 무슨 꿍꿍이일까? 유택이 혼자 끙끙거리는 사이 정현이 방문이 벌컥 열렸다.

"문 열면 안 돼!"

저도 모르게 큰 소리가 나와 유택이는 입을 틀어막았다. 열린 문틈으로 노란 불빛이 길게 새어 나왔다.

"누구야?"

거칠게 갈라진 목소리 사이로 비명 소리가 뒤섞였다.

"빨리 나가!"

정현이도 비명을 질렀다.

"규리야!"

"꺄아악!"

"아악!"

유택이는 그대로 뒤돌아 뛰었다. 비겁해. 비겁해. 귓속에서 누군가 쉴 새 없이 소리쳤다. 발소리와 비명이 등 뒤를 쫓아왔다. 멈춰! 멈춰! 귓속의 인간이 버럭 외쳤다. 도저히 멈출 수가 없었다. 귀를 손바닥으로 누르다 발이 엉켜 문에 부딪혔다. 문이 휙 열렸다. 그 바람에 유택이는 부드러운 카펫 위로 나동그라졌다.

가까스로 정신을 차리고 재빨리 문을 잠갔다. 문에 기댄 채 어둠 속에서 숨을 죽였다. 문밖으로 아이들의 발소리가 지나갔다. 문을 잡은 손에 저절로 힘이 들어갔다. 지금이라도 문을 열고 나가 아이들과 함께 숨어야 할까? 유택이는 손잡이에 손을 뻗다 말고 고개를 저었다. 지금 이 상황에서 누구를 믿어야 할지 판단이 서지 않았다. 발소리가 지나가고 적막이 깔렸다. 유택이는 자리에서 일어나 주위를 둘러보았다. 강당이었다.

냉장고 유리문에서 새어나오는 빛 때문에 강당 안이 온통 파랬다. 문을 두어 번 밀어 잘 잠겼는지 확인한 다음 벽에 기대 놓은 접이식 의자를 꺼내 털썩 앉았다. 생각을 해야 했다. 무슨 일이 벌어지고 있는 건지, 여기서 빠져나갈 방법은 있는지 말이다. 유택이는 고개를 무릎 사이에 묻고 두 손으로 감쌌다. 텅 비어 버린 머리가 저 혼자서 공회전을 했다.

"으아아."

신음이 절로 새어나왔다. 머리가 지글지글 끓어오르는 것 같아서 벌떡 일어나 강당 안을 뱅글뱅글 돌았다. 다리를 움직이자 시서히 정신이 맑아지면서 머릿속의 안개가 걷히기 시작했다.

살짝 둥그렇게 구부러진 벽이 눈에 들어왔다. 부채꼴! 후다닥 벽으로 가까이 다가가 아래위로 샅샅이 훑었다.

'내 생각이 맞다면, 분명 여기 어디에 또 다른 곳으로 통하는 문이 있을 텐데.'

벽은 차가웠다. 유택이는 차가운 벽을 더듬거리며 틈새를 찾았다. 발로 밀어 보기도 했다. 벽은 꿈쩍도 하지 않았다. 속이 빈 소리가 나거나 열리는 곳도 없었다. 혹시나 해서 벽을 옆으로 밀어 보기도 했다. 꼼짝하지 않았다. 꽝! 벽에다 화풀이를 했다. 금방 후회가 밀려들었다. 발끝에서 심한 통증이 느껴졌기 때문이다. 역시 문으로 나갈 수밖에 없는 걸까? 유택이는 짝발을 짚고 서서 문을 노려보았다. 밖으로 나갔다가 다은이랑 마주칠 걸 생각하니 발의 통증이 씻은 듯 사라졌다.

"괜찮아. 괜찮아. 아무 일 없을 거야."

미친 사람처럼 웅얼거리자니 목이 말랐다. 냉장고 문을 벌컥 연 채 콜라를 한입에 털어 넣었다. 냉장고 냉기에 소름이 돋았다. 냉장고 문 닫아! 전기비 많이 나와! 엄마 목소리가 들리는 듯했다. 유택이는 냉장고 문을 닫으려다 입술을 실룩거렸다. 이 와중에 웬 전기비 걱정이람.

홧김에 냉장고 문을 뻥 찼다. 끼리릭 소리와 함께 냉장고 문이 뒤로 휙 젖혀졌다. 당황해서 뒤로 물러섰다. 냉장고가 옆으로 돌아가면서 푸른빛 사이로 검은 틈새가 드러났다. 쿵쿵 심장 뛰는 소리가 들렸다. 천천히 다가가 냉장고를 힘껏 밀었다.

냉장고가 반원을 그리며 움직였다. 냉장고를 벽으로 밀어붙인 유택이는 그 자리에 얼어붙었다. 냉장고 뒤에 당연히 있어야 할 벽 대신 시커먼 구멍이 입을 벌리고 있었다.

주춤주춤 구멍 안을 들여다보았다. 계단이다. 위로 이어지는 계단. 깜깜해서 계단이 얼마나 긴지, 어디로 향하는지는 알 수 없었다. 저 위에는 뭐가 있을까? 유택이는 첫 번째 계단에 발끝을 살짝 걸쳤다. 두려움 때문에 심장이 꽉 죄어드는 것 같았다. 이를 악물고 한 발 한 발 계단을 올랐다. 차캉차캉. 철계단에 발이 부딪히는 소리가 거슬렸다. 당장이라도 계단을 도로 뛰어 내려가고 싶었지만 꾹 참고 속으로 계단 수를 헤아렸다. 하나, 둘, 셋, 넷…… 서른.

방이다. 조심스럽게 안을 들여다보다 계단 끄트머리에 뻣뻣하게 섰다. 움직일 수가 없었다. 분노, 경멸, 공포. 어떤 말로도 표현할 수 없는 온갖 감정이 휘몰아쳤다.

"미친……!"

방은 숨겨진 요새였다. 돔 모양의 방은 창문이 하나도 없어 어두웠다. 동그란 천장에 점점이 박힌 조명등에서 희미한 빛이 흘러나왔다. 어두운 조명 탓에 방 안의 공기가 무겁게 느껴졌다. 벽을 따라 잔뜩 달려 있는 모니터와 웅웅 기계 돌아가는 소리에 압도되어 유택이는 입구에 멈춰 섰다.

어디선가 매캐한 냄새가 코를 찔렀다. 천천히 방 안을 둘러보았다. 한가운데 놓인 동그랗고 커다란 책상에서 가는 연기가 피어오르고 있었다. 가까이 다가가 보니 급하게 비벼 껐는지 담배꽁초에서 조금씩 연기가 올라왔다. 담배를 빤히 보다 책상 위에 놓인 모니터로 눈길을 돌렸다. 열다섯 개. 벽에 달린 모니터로 모자랐는지 책상 위에 놓인 모니터만 자그마치 열다섯 개였다. 모니터 앞에는 방금 전까지 사람들이 있었던 듯, 채 식지 않은 커피 잔이 여기저기 흩어져 있었다.

"뭐야? 여기?"

불길한 느낌이 들었다. 유택이는 손을 뻗어 마우스를 눌렀다. 팟 소리와 함께 모니터에서 바쁘게 움직이던 화면 보호기가 사라지고 초록빛을 띤 어두운 화면이 보였다.

"복도잖아?"

눈앞에 펼쳐진 상황을 알아차리기에 그리 오랜 시간이 걸리지 않았다. 유택이는 정신없이 책상에 놓인 마우스를 하나씩 눌렀다. 팟, 팟, 팟, 팟. 연이어 화면이 켜졌다. 초록색 복도, 복도, 복도, 방, 방, 방, 방, 그리고 유리문 앞에서 입을 뻐끔거리는 정현이와 아이들. 이런 게 왜 여기에 있는 거지? 유택이가 너덜너덜해진 신경을 추스르는 사이, 모니터 속의 정현이가 혜진이에게 정신이 반쯤 나가도록 두들겨 맞았다. 분명히 고통스러운 비명을 질렀을 테지만 모니터 속 아이들은 어항 속을 떠다니는 물고기들처럼 조용했다. 발길질 두어 번으로 정현이를 떼어 낸 아이들은 유유히 왼쪽 모니터에서 오른쪽 모니터로, 또다시 뒤쪽 모니터로 헤엄쳐 갔다.

좀처럼 숨이 쉬어지지 않아 유택이도 모니터 속의 아이들처럼 입을 뻐끔거렸다. 겨우 숨을 쉴 수 있게 되자마자 뒤돌아 계단을 내려갔다. 머릿속의 계산기를 두드리지 않은 게 얼마 만인지. 다은이가 달려들지도 모른다는 생각과 어딘가에 도담이가 숨어 있을 거라는 생각이 머리를 스쳐 갔다. 아무래도 좋았다. 재고, 숨기고, 아닌 척 숨죽이던 가면이 순식간에 벗겨진 기분이 들었다. 좀 더 빨리. 어서 빨리. 냉장고를 제자리로 돌려놓은 다음 유택이는 정신없이 정현이에게로 뛰어갔다.

어두운 복도 끝으로 희미한 불빛이 보였다. 유리문 밖으로 셔터가 보였다. 가슴이 쿵 내려앉았다. 처음부터 정문으로는 빠져나갈 수 없었던 거다. 셔터 틈으로 불빛이 희미하게 스며들었다. 카펫에 널브러진 정현이가 보였다. 기절한 걸까? 혹시 누가 있을까 봐 유택이는 귀를 쫑긋 세우고 발소리가 나지 않도록 조심스럽게 발끝으로 뛰었다. 유택이는 정현이 곁에 쭈그리고 앉았다. 눈을 감고 있는 정현이의 얼굴이 파리했다. 유택이는 숨을 고르고 조그맣게 속삭였다.

"정현아."

정현이가 눈을 떴다. 한쪽 눈이 심하게 부어오른 게 혜진이한테 한 방 제대로 맞은 모양이었다. 정현이는 유택이를 올려다보더니 입술을 실룩였다.

"꼴좋지?"

"그래, 꼴좋다. 다른 애한테 맞는다는 건 상상도 못했지?"

유택이는 손을 내밀어 정현이를 일으켜 세웠다. 보기보다 심하게 다쳤는지 정현이는 제대로 서지도 못했다. 정현이가 벽에 기대며 빠르게 지껄였다.

"무슨 소리 안 났어?"

유택이는 눈을 가늘게 뜨고 복도 끝을 노려보았다. 희미한 녹색 빛을 등지고 삐거덕대는 목각 인형처럼 이상한 걸음걸이로 다가오는 사람이 보였다. 다은이였다. 정현이가 나지막이 욕지거리를 내뱉었다.

"가자!"

유택이는 정현이 팔을 잡고 반대 방향으로 냅다 뛰기 시작했다. 정현이가 악 소리를 지르며 주저앉았다.

"일어나! 빨리!"

유택이는 버럭 고함을 지르며 정현이를 다그쳤다. 금방이라도 뒷덜미를 낚아채일 것 같아 뒤를 돌아본 순간, 다은이와 두 눈이 딱 마주쳤다. 지독하게 사람을 미워하는 눈이다 싶어 몸서리가 쳐졌다.

"우아아악."

다은이가 괴성을 질렀다. 크게 벌린 입에서 검은 점액이 사방으로 튀었다. 다은이의 발걸음이 갑자기 빨라지더니 놀랄 만큼 유연한 몸놀림으로 뒤를 쫓기 시작했다.

"뛰어!"

정현이가 유택이를 퍽 치더니 절룩거리며 달려 나갔다. 유택이는 정신없이 복도를 뛰었다. 뒤에서 들려오는 으르렁 소리가 점점 가까워졌다. 꼼짝없이 잡혀서 물어뜯기겠구나 싶어 유택이는 속이 울렁거렸다. 어두운 복도 끝에 빠끔 열린 강당 문이 보였다.

"저기로 들어가."

정현이가 재빠르게 강당 문을 통과했다. 뒤따라 강당으로 뛰어 들어가려는 유택이의 뒷머리가 휙 당겨지더니 몸이 뒤로 쏠렸다.

"이게 보자 보자 하니까! 놔! 놓으란 말이야!"

정현이가 욕을 하며 유택이 머리를 잡고 있는 다은이의 손을 떼어 냈다. 우두둑 소리가 나면서 유택이의 머리카락이 뭉텅 뽑혔다. 유택이는 으아아아 비명을 지르며 팔을 필사적으로 휘둘렀다. 쿵, 둔탁한 소리와 함께 다은이가 뒤로 벌렁 넘어졌다. 유택이는 뒤도 돌아보지 않고 강당 안으로 뛰어들어가 문을 닫았다. 덜커덩덜커덩 문이 마구 요동쳤다.

문손잡이를 꽉 붙잡은 채 정현이가 소리쳤다.

"빨리 의자 가져와, 의자!"

다은이는 포기라는 걸 모르는지 계속 문을 들이받았다. 이따금 문을 벅벅 긁는 소리도 났다. 문 앞에 쌓인 의자가 조금씩 들썩이더니 무너져 내리기 시작했다. 이대로라면 문이 열리는 건 시간문제였다. 정현이는 쏟아져 내리는 의자들을 온몸으로 받쳤다.

"유택아! 너도 막아."

유택이가 새파랗게 질린 정현이를 억지로 문에서 떼어 냈다. 정현이가 악을 썼다.

"뭐 하는 거야? 쟤 여기 들어오면 우린 다 죽어!"

"알아. 그러니까 이리 와. 이번엔 내 말 좀 들어라. 제발."

정현이가 영문을 모르겠다는 표정으로 문에서 물러났다. 정현이가 물러서자마자 문이 출렁 요동치더니 의자들이 와르르 반원을 그리며 바닥에 흩어졌다.

"서둘러."

유택이는 한달음에 냉장고 쪽으로 뛰어갔다. 정현이가 절룩거리며 뒤따랐다. 냉장고 앞에 멈춰 서자 정현이가 유택이를 미친 놈 보듯 빤히 쳐다봤다.

"이 와중에 콜라라도 마시자는 거냐?"

유택이는 고개를 저으며 냉장고를 밀었다. 냉장고가 드드득 소리를 내며 옆으로 돌아갔다. 정현이와 눈이 마주쳤다. 정현이는 시커먼 구멍 안으로 뻗은 계단과 유택이를 번갈아 보았다. 정현이의 눈에서 분노가 끓어오르는 게 보였다.

정현이가 싸늘하게 쏘아붙였다.

"너 이렇게 될 줄 알고 있었어? 뭔가 알고 있었지? 여긴 또 뭐야!"

"말이 되는 소리를 해라! 헛소리 말고 빨리 올라가. 시간 없어."

정현이는 매서운 눈으로 유택이를 노려보더니 계단을 올라갔다. 유택이는 서둘러 계단으로 들어가 안쪽에서 냉장고를 잡아당겼다. 냉장고가 휙 돌아 입구가 막히면서 계단이 칠흑처럼 깜깜해졌다. 앞서 계단을 올라가는 정현이의 발소리가 텅텅 울렸다. 유택이는 부지런히 계단을 올라가며 스위치를 더듬었다. 팟 소리와 함께 흐릿한 불빛이 들어왔다. 계단 꼭대기에 선 정현이가 놀란 얼굴로 돌아보았다.

"뭘 봐! 빨리 가!"

유택이는 한꺼번에 두세 개씩 계단을 올라가 정현이의 등을 밀었다. 방에 들어선 정현이의 두 눈이 커졌다.

"우연히 발견한 거야. 진짜야. 믿든 안 믿든 네 맘이지만."

정현이는 유택이를 한참 쏘아보다 순순히 고개를 끄덕였다. 유택이는 의심에서 벗어난 게 기뻐 방 안을 이리저리 돌아다니며 찾아낸 걸 알려 주기 시작했다. 정현이는 방 안에 가득한 모니터를 둘러보며 중얼거렸다.

"용케도 찾아냈구나."

"응, 어쩌다 보니. 그런데 이것 좀 봐."

정현이를 의자에 앉히고 모니터를 켰다.

"봐. 모니터가 안 비추는 곳이 없어. 방 안이나 화장실까지 모두 감시하고 있어. 이건 계획된 거야, 철저하게. 문제는 목적이 뭐냔 거지."

유택이의 말에 정현이 얼굴이 구겨졌다. 정현이는 모니터를 뚫어져라 노려보더니 머뭇머뭇 입을 열었다.

"나, 어쩌면 알 것도 같아."

정현이는 의심스러운 눈초리로 유택이를 힐끔 보더니 침을 꿀꺽 삼켰다.

"너 정말 엄마한테 나 감시하라고 돈 받거나 그런 거 아니지?"

"아니라니까!"

유택이가 버럭 소리치자 정현이가 어깨를 으쓱했다.

"좋아. 그럼 믿어 보기로 하지. 어쨌든 지금은 너랑 나 둘밖에 없으니까. 여기 오기 전에 학교에서 이사장이랑 교관이 하는 말을 엿들었어."

"교관이랑?"

정현이는 고개를 끄덕이며 또박또박 말했다.

"제대로 듣진 못했지만, 캠프니 바이러스 감염이니 어쩌고 하더라. 어쩌면 우리 모두 어떤 바이러스에 감염된 걸지도 몰라."

"말도 안 돼! 그럼 너랑 나도 바이러스에 감염됐다는 거야? 증상이 뭔데?"

"너도 봤잖아. 빨간 눈이랑 검은 체액. 그리고 이건 순전히 내 생각인데, 화를 내거나 물어뜯는 것도 증상인 거 같아."

"야! 말이 되는 소리를 해라. 광견병에 걸린 것도 아니고, 아무리 바이러스에 감염됐다고 사람을 물어뜯어? 게다가 우린 멀쩡하잖아."

정현이는 코를 훌쩍거리며 방 안을 둘러보았다. 눈을 가느다랗게 뜨고 천장을 한참 쳐다보더니 무덤덤한 표정으로 유택이를 올려다보았다.

"또다시 너랑 나 둘이구나. 이렇게 둘이만 있으니까 꼭 어릴 때 같다. 그렇게 빠져나가려고 발버둥 쳤는데, 또 너랑 나 둘만 남았네."

"글쎄다. 그때는 이모가 마음대로 우릴 가둬 놓은 거지. 자기 뜻대로 하려고. 하지만 우리가 지금 여기 있는 건 우리 탓이야. 우리가 선택한 행동의 대가를 치르고 있는 거야. 솔직히 말하면, 당해도 싸다고 생각해, 나는."

유택이 말에 정현이는 고개를 푹 숙이고 나지막이 말했다.

"당해도 싼 짓? 뭐 말이야? 민선이네 엄마 소문 퍼뜨린 거? 도둑 누명 씌운 거? 아니면 왕따 시킨 거? 어쩔 수 없었어. 도담이를 되찾으려고 한 일인걸. 다시 그때로 돌아간다 해도 나는 똑같이 할 거야."

유택이가 정현이를 쏘아보았다.

"내가 말하는 건 그게 아니야. 모르는 척하지 마. 나 그날 똑똑히 봤어. 네가 민선이 나리 삼아넣기는 거. 민선이가 창문에서 떨어진 건 너 때문이잖아. 어떻게 그렇게 웃을 수가 있니? 사람이 죽어 가는데. 민선이는 오다은 때문에 자살한 게 아니야. 더더군다나 규리 탓은 절대 아니야. 슬그머니 다가가 다리를 잡아당긴 건 바로 너니까. 규리도 봤을걸? 바로 옆에 있었으니까. 하지만 차마 말을 못했을 거야. 서슬 퍼런 너희 패거리가 무서웠을 수도 있고, 어쩌면 외톨이가 되는 게 무서웠을지도 몰라. 너 정말 미친 거 아냐? 그렇게 민선이가 미웠어? 단지 도담이 곁에 있다는 이유로 사람을 죽게 하다니. 그런다고 도담이가 너랑 다시 친구가 될 것 같아? 도담이는 널 미워한다고. 이모랑 네가 미워서 절대 네 곁으로 안 돌아갈 거야."

"넌 몰라. 도담이가 나한테 어떤 존재인지. 난 도담이를 포기할 수가 없어. 누군가에게 관심받고 사랑받은 거 도담이가 처음이었으니까. 엄마도 아빠도 심지어 사촌인 너마저도 나한테 관심을 가져 주지 않았어. 모두들 나한테 뭔가를 바라기만 했어. 너랑 엄마가 끼어들기 전까지 도담이는 내 엄마였고 아빠였다고!"

바락바락 소리치던 정현이가 배를 감싸 안으며 허리를 굽혔다. 흐흐흐 비웃는 소리가 들리는 것 같아 유택이는 주먹을 꽉 쥐었다. 하지만 정현이는 울고 있었다. 책상에 엎드린 정현이의 어깨가 심하게 흔들렸다.

위로의 말을 해 주고 싶지는 않았다. 당해도 싸다. 이 말처럼 지금 내 마음을 잘 표현할 말이 있을까? 어떤 이유로든 우리가 한 일은 변명할 여지가 없다. 그리고 아이들에게 물어뜯긴다 해도 새삼스러울 건 없다. 여태껏 우리가 해 온 일들과 하나도 다르지 않기에. 줄곧 서로를 헐뜯고 물어뜯지 않았던가. 한 가지 다른 점이 있다면 검은 침을 질질 흘린다는 것뿐.

서도담

"일어나. 어서 일어나."

거칠게 어깨를 흔드는 손길에 도담이는 화들짝 깨어났다. 문을 열고 나가는 교관의 뒷모습을 본 것도 같았다. 무슨 일이 일어난 건지. 정신이 또렷해지자 뒷덜미가 끔찍할 정도로 욱신거리기 시작했다.

'그랬지. 오다은이 물어뜯었지.'

도담이는 목뒤를 조심스럽게 누르고 주위를 찬찬히 둘러보았다. 차츰 어둠에 눈이 익숙해졌다. 이상하리만큼 길쭉하게 생긴 방이었다. 짧은 쪽 벽을 따라 방 너비에 딱 맞는 침대 서너 개가 조르르 놓여 있었다. 숨이 막혀 침대에서 일어나려는데 옆 침대 시트에 묻은 검은 체액이 눈에 띄었다. 소름이 쫙 돋았다. 도담이는 침대 아래로 몸을 숨기고 방 안을 빠르게 훑었다. 방 안은 비어 있었다. 다은이가 누워 있었음에 분명한 침대는 비어 있었다. 방 안 어디에도 다은이의 모습은 보이지 않는다.

식당에서의 일이 떠올랐다.

'교관, 미친 거 아냐? 아무리 싸움이 심해도 그렇지, 학생들에게 전자총을 쏘다니. 캠프만 끝나 보라지. 그냥 넘어갈 줄 알아? 교육청에 민원도 넣고 학교에 강력하게 항의할 테다.'

도담이는 씨근거리며 몸을 일으켰다. 빼꼼 열린 문틈으로 희미한 불빛이 스며들었다. 도담이는 살그머니 방을 나왔다.

바닥에 깔린 카펫이 소리를 빨아들이는지, 복도는 무섭게 조용했다. 너무 조용해서 마음에 걸렸지만 복잡한 생각을 정리하기에는 딱 좋았다. 발밑에서 뭐가 잘그락 밟혔다. 몸을 굽혀 보니 자물쇠가 바닥에서 뒹굴고 있었다. 도담이는 문손잡이와 자물쇠를 번갈아 보다가 피식 웃었다. 설마 문을 잠가 놓았던 걸까. 자꾸만 날카로워지는 신경을 누르며 도담이는 유택이 방으로 걸음을 옮겼다. 이렇게 된 이상 유택이와 마음을 터놓고 얘기해 봐야겠다. 민선이 일도 얘기하고, 정현이 엄마와의 일도 털어 버려야지.

요즘 들어 유택이가 전과 달라졌다는 생각이 들었다. 늘 뒤로 빠져서 방관자로 사는 모습이 좀 안돼 보였다. 이유를 알기에 안타까워도 아무 말 못했다. 도담이 역시 어릴 때의 일에서 자유롭지 못했으니까 할 말도 없었다.

그런데 요즈음, 유택이답지 않게 다은이에게 관심을 보이더니 자꾸만 주위를 맴돌았다. 어찌나 신경이 쓰이던지. 하필이면 이런 때 말이다. 민선이를 떼어 버리려면 다은이가 꼭 필요한데 말이다. 다행스럽게도 유택이가 눈치채기 전에 일이 끝났다. 마침내 민선이가 떨어져 나갔다.

도담이는 화가 났었다. 조금 친해졌다고 이리저리 간섭을 하다니. 지금 생각해 보면 그렇게 화낼 일이었나 싶기도 했다. 어쩌면 민선이의 태도가 다른 사람을 떠올리게 했던 게 아닐까. 정현이 엄마 말이다. 그건 공포심이었을까, 반항심이었을까. 기분 나쁜 티도 내 보고 슬슬 피하기도 했다. 그런데도 눈치가 없는 건지 알면서 모르는 척하는 건지 민선이는 간섭을 멈추지 않았다. 도담이는 선택해야만 했다.

"민선이가 생각보다 집착이 심하더라. 정현이 너랑 친하다고 하니까 어찌나 짜증을 부리는지. 눈치 보여서 당분간 너랑 거리를 좀 둬야겠어."

정현이를 꼬드기는 건 물 마시는 것보다 쉬웠다.

"그런 게 어디 있어. 안 되겠구나, 걔. 넌 가만있어, 도담아. 내가 다 알아서 할게."

정현이는 단정한 얼굴을 찌푸리며 골을 냈다. 화가 난 정현이에게 도담이는 넌지시 알려 주었다. '떨거지 오다은'을 이용하라고.

"원래 친한 사이가 놀아서면 더 무서운 법이잖아. 오다은, 민선이에 대해 아주 빠삭하게 잘 알걸."

정현이는 아주 열심이었다. 정현이와는 유택이 눈을 피해 학교에서 멀리 떨어진 공원에서 매일 만났다. 만날 때마다 정현이는 민선이를 어떻게 괴롭혔는지 신이 나서 이야기했다. 자기 덕에 도담이가 얼마나 편해졌는지 생색내는 것도 잊지 않았다.

유치하고 불쌍한 박정현. 도담이 눈에 정현이는 여전히 일곱 살짜리였다. 정현이는 하나도 달라지지 않았다. 얼핏 보기에는 친구들에게 둘러싸인 것 같지만 여전히 외로워했고 혼자였다. 그리고 도담이에게 집착했다.

참 이상한 일이다. 정현이 엄마는 정현이에게 세상에서 혼자 살아남는 법을 가르쳤다. 친구고 우정이고 다 필요 없다. 이 험난한 세상에서 번듯하게 살아남으려면 가족과 친구를 이해하고 보듬고 용서하는 것 따윈 잊어버려라. 찌르고 차고 이용해라. 사람을 믿지 마라. 그렇게 가르쳤다. 정현이는 자기 엄마의 가르침을 철저하게 따랐다. 하지만 홀로 서지 못했다. 여전히 도담이가 필요했고, 여전히 도담이에게 의지했다.

언젠가 유택이가 도담이에게 말했었다.

"정현이랑 우리는 세 쌍둥이 같아. 너무나 닮았어. 똑같아."

그 말을 들었을 때 도담이는 무척 기분이 나빴다. 그러나 지금은 알 것 같았다. 유택이가 왜 그런 말을 했는지. 도담이, 정현이, 유택이 세 사람은 서로 닮았다. 세 사람은 친구 사귀는 법을 배우지 못했다. 사랑하는 법을 배우지 못했다.

무슨 소리가 들려 도담이는 몸을 낮췄다. 복도가 둔탁하게 쿵쿵 울렸다. 누가 이쪽으로 뛰어오는 것 같았다. 도담이는 몸을 한껏 낮추며 벽에 찰싹 붙었다. 앞쪽에서 발소리가 점점 가까워졌다. 눈을 가늘게 뜨고 어둠 속을 살폈다. 두 사람의 윤곽이 희미하게 보였다. 아니다. 정확히 말하면 쫓기는 사람 한 명과 뒤를 쫓는 사람 한 명이었다. 마침내 어둠 속에 숨은 도담이를 알아봤는지 앞에 뛰어오는 사람이 소리를 질렀다.

"사, 살려 줘! 도담아, 살려 줘!"

태은이였다. 뒤쫓아오는 혜진이의 얼굴이 점점 또렷해졌다. 도담이는 저도 모르게 주춤주춤 뒤로 물러섰다. 피와 검은 체액으로 범벅이 된 얼굴에서 혜진이의 모습은 찾아볼 수 없었다. 도담이와 눈이 마주치자 혜진이는 입술을 징그럽게 일그러뜨리며 으르렁거렸다. 태은이는 통통한 몸을 흔들며 필사적으로 두 팔을 앞으로 뻗었다. 조금이라도 속도를 내려고 애를 쓰는 것 같았지만 혜진이와의 거리는 점점 좁혀졌다.

태은이가 울먹이며 애처롭게 소리쳤다.

"구해 줘!"

도담이는 몸이 굳어 움직일 수가 없었다. 몽롱한 꿈속처럼 몸이 마음대로 움직여 주지 않았다. 태은이가 원망스러운 눈길로 도담이를 바라보았다. 마침내 따라붙은 혜진이가 태은이를 낚아챘다. 태은이는 너무도 손쉬운 먹이처럼 허무하게 혜진이 손아귀에 떨어졌다. 혜진이가 태은이를 물어뜯는 동안 도담이는 꿈틀거리는 태은이를 멍하니 내려다보았다. 날카로운 비명이 점점 잦아들더니 마침내 태은이는 꼼짝도 하지 않았다. 태은이를 해치운 혜진이는 탐욕스러운 눈빛을 도담이에게 돌렸다.

'뒤돌아 뛰어!'

머릿속에서 누군가 소리쳤다. 겨우 한 발짝 떼었지만 뛸 수가 없었다. 공기가 진득거렸다. 도담이는 허우적거리다 혜진이 앞으로 튕겨 나갔다. 혜진이는 집요하게 도담이의 팔을 노렸다. 날카로운 통증이 팔을 관통했다. 팔을 물어뜯는 혜진이의 얼굴에 자랑스러워하는 기색이 가득했다. 한 번으로는 만족스럽지 않은지 혜진이는 눈을 희번덕거리며 또다시 도담이를 향해 달려들었다. 혜진이의 등 너머로 나동그라졌던 태은이가 삐거덕 몸을 일으키는 게 보였다. 얼굴에 잇자국이 선명했다. 태은이는 왈칵 검은 체액을 토해 내더니 도담이를 향해 천천히 몸을 돌렸다. 피와 검은 체액으로 얼룩진 얼굴이 보였다. 절망감이 도담이의 온몸을 감쌌다. 태은이가 혜진이와 도담이 사이로 파고들었다.

"놔! 이러지 마! 아아악!"

쇳소리처럼 튀어나오던 비명이 순식간에 묻혔다. 도담이의 머리를 태은이가 짓눌렀다. 곧이어 귀에서 살점이 뜯겨 나가는 소리가 들렸다. 이렇게 쓰러진 채 자근자근 씹히려고 그 많은 일을 벌인 게 아니었다. 머릿속을 휘젓는 아픔 속에 희미하게 분노가 섞여 들었다.

'잘 살고 싶었는데…….'

희미해져 가던 정신이 번쩍 들었다. 도담이는 있는 힘껏 혜진이와 태은이를 밀어냈다. 눈앞이 붉어지면서 화가 머리끝까지 치밀었다.

"끄아악!"

태은이와 혜진이의 신음 소리가 도담이의 신경을 긁었다. 신경이 거슬리면서도 묘하게 기분이 몽롱해졌다. 신음 소리에 맞춰 심장도 두근거렸다. 얼핏 생각이 스쳤다. '내가 미워한 사람이 민선이였을까?'

아니다. 어렴풋이 느끼고 있었다. 미운 사람은 민선이가 아니다. 정현이 엄마처럼 변해 버린 자신이다. 미움에 휩싸여 스스로를 망쳐 버린 도담이 자신인 거다.

눈이 지끈하더니 뜨거운 게 흘러내렸다. 도담이는 눈을 깜박이며 손등으로 쓱 닦았다. 검붉은 피가 묻어났다.

"으아악!"

도담이는 소리를 지르며 혜진이와 태은이에게 달려들었다. 혜진이의 얼굴을 물어뜯으며 생각했다. 다시 기회가 주어진다면, 이제는 좀 다르게 살아 보고 싶다고.

4부

항체

유택이는 침대에 누워 하얀 천장을 따라 오르락내리락하는 파리를 바라보고 있었다. 한 번 더 몸을 일으켜 보려 안간힘을 썼다. 찌르는 듯한 통증이 몸 구석구석으로 퍼져 나갔다. 유택이는 욕지거리를 내뱉으며 침대에 몸을 묻었다. 일어나기를 포기한 유택이는 푹신한 베개에 머리를 기댄 채 여기가 어디인지 생각하기 시작했다. 아무리 기억을 헤집어 봐도 여기 온 기억이 없었다. 기억나는 거라곤 섬에서의 끔찍한 일들뿐.

유택이는 이불 속으로 조심스럽게 기어 들어가 훌쩍였다. 그날의 기억을 잊을 수만 있다면 무슨 일이라도 할 수 있을 것 같았다.

"일어났니?"

귀에 익은 목소리에 유택이는 이불을 걷었다. 구릿빛 얼굴을 보자마자 유택이는 버럭 소리쳤다.

"당신 여기 왜 있어!"

교관은 능글맞게 웃으며 구석에서 의자를 끌어다 유택이 옆에 앉았다.

"자 자, 진정해. 아직은 일어날 만큼 몸이 낫지 않았어. 잡아먹지 않을 테니 얌전히 자리에 누워 있으렴."

유택이는 자리를 박차고 일어나려다 끙 소리를 내며 침대에 도로 누웠다.

"여긴 어디예요? 언제 여기 온 거죠?"

교관은 깍지 낀 손을 무릎에 내려놓고 유택이를 찬찬히 살폈다. 유택이는 저도 모르게 침을 꿀꺽 삼켰다. 교관은 긴장한 기색의 유택이를 보며 킥킥 웃었다.

"뭐가 우스워요!"

"너야말로 뭐가 그리 궁금하니?"

교관의 물음에 유택이는 괴로운 표정을 지으며 입을 꾹 다물었다. 교관은 우울하게 누워 있는 유택이를 빤히 바라보다가 자리에서 벌떡 일어났다. 창가로 가서 닫혀 있던 커튼을 열었다. 쇠창살이 촘촘한 창문과 창틀 위에 붙은 카메라가 드러났다. 교관은 힐끗 카메라를 보며 팔을 뻗어 유리창을 열었다. 창으로 더운 바람이 들어왔다. 습기를 가득 머금은 끈적끈적한 바람이다.

한참 만에 유택이가 입을 열었다.

"오늘이 며칠이에요?"

교관이 유택이 쪽으로 고개를 돌리고 담담하게 대답했다.

"6월 30일."

유택이의 눈이 휘둥그레졌다.

"말도 안 돼요. 캠프, 5월 3일이었잖아요. 어떻게 된 거예요? 한 달도 넘게 지났다는 거예요? 말도 안 돼!"

교관은 말없이 의자에 앉았다. 유택이를 바라보는 교관의 눈빛이 설핏 흔들렸다. 교관은 오른손으로 유택이의 팔을 다독거리며 입을 열었다.

"네가 많이 혼란스럽다는 거 안다. 넌 거의 두 달 동안 혼수상태였어. 처음 발견했을 땐 의식이 없어서 많이 다친 줄 알았어. 그런데 응급 치료를 하다가 우리 생각이 틀렸다는 걸 알게 됐지. 놀랍게도 넌 딱 한 군데 빼고는……."

교관은 이야기하다 말고 유택이를 힐끔 보았다. 유택이가 코웃음을 쳤다.

"물린 데가 없다고요? 그 말을 하고 싶은 거잖아요."

교관은 멈칫하더니 유택이를 똑바로 보았다. 당황한 표정이 역력했다.

"좋아. 기억이 나나 보구나. 신기한 일이군."

교관은 유택이에게 바짝 다가앉았다.

"알고 싶은 게 있으면 전부 물어보렴. 다 대답해 주마. 그 대신 네가 기억하고 있는 걸 빠짐없이 말해 줘야 한다. 이건 아주 중요한 일이야. 신기한 일이기도 하고."

교관은 영문을 몰라 어리둥절해하는 유택이의 어깨를 두드렸다.

"그런 눈으로 보는 것도 당연하지. 지금 내가 무슨 말을 하는지 이해가 안 될 거야. 네 이야기를 듣기 전에 이거 하나만 말해 주마. 다른 아이들은 모두 기억을 잃었단다. 캠프에서 벌어진 일을 기억하는 사람은 너밖에 없다."

유택이는 갑작스러운 교관의 태도 변화에 조금씩 용기가 솟아났다. 게다가 교관의 말로 미루어 아이들은 무사한 모양이었다. 기억을 잃었다는 말은 적어도 죽진 않았다는 거니까.

유택이는 용기를 끌어모아 가까스로 말을 꺼냈다.

"아이들, 정현이는 살아 있는 거죠?"

교관이 시원스럽게 고개를 끄덕였다.

"당연하지. 왜 죽었다고 생각했지?"

"왜라니! 모르는 척하지 마! 우릴 다 지켜보고 있었잖아!"

유택이가 갑자기 버럭 소리를 질렀다. 참았던 화가 터져 나와 숨을 거칠게 몰아쉬었다. 교관은 부드럽게 웃으며 순순히 고개를 끄덕였다. 교관이 너무나도 쉽게 사실을 인정하는 바람에 유택이는 싸울 의지를 잃고 축 늘어졌다. 몸 안의 독기가 한꺼번에 빠져나가는 기분이 들어 푸욱 한숨을 내쉬었다.

"뭐가 궁금해서 그러는 건네요? 어차피 감시 카메라로 다 지켜보고 있었을 거 아네요. 다 알고 있으면서 뭐가 궁금해요?"

교관이 고개를 저었다.

"아니야. 모르는 부분도 있어. 너랑 정현이가 컨트롤 룸에 들어갔을 때부터 기록에 문제가 생겼단다. 23시 10분부터 기록이 안 됐어. 누가 녹음 장치에 손을 댄 것 같은데, 아마 너겠지?"

유택이는 교관의 말을 무시하고 질문을 퍼부었다.

"애초에 왜 우릴 감시한 거예요? 이사장이 돈이라도 줬어요? 우리를 손봐 주라고요?"

교관은 얼굴이 시뻘게지도록 낄낄댔다. 교관이 웃음을 멈출 때까지 유택이는 기분 나쁜 눈초리로 교관을 노려봤다. 한참 만에 웃음을 멈춘 교관이 눈물을 닦으며 말했다.

"손을 봐 줘? 뭘로? 너희가 민선이라는 그 애, 왕따 시켜서 죽게 만든 걸로?"

유택이는 어두운 얼굴로 고개를 끄덕였다. 교관의 표정이 심각해졌다.

"그게 잘못한 일이라는 건 아니? 한 사람을 돌아가며 괴롭힌 것 말이다."

유택이는 고개를 푹 숙였다. 교관은 혀를 끌끌 차고는 빠르게 중얼거렸다.

"너희가 민선이한테 한 일들은 정말 잘못한 거야. 하지만 너희가 한 가지 오해한 게 있다. 민선이의 죽음, 너희 탓만은 아니야."

교관의 말투가 조심스러워졌다. 마치 다섯 살짜리 꼬마를 이해시키려는 어른처럼 단어 하나하나를 신중하게 고르는 눈치였다.

"민선이는 아팠어. 민선이는, 어…… 바이러스 질환이 발병된 상태였지. 그런 상태에서 민선이가 창문에 올라간 건…… 우리 실수였다. 미리 막았어야 하는데……, 충분히 막을 수 있을 거라 생각했는데……, 너무 늦었다. 그렇게 빨리 발병하리라고는 예상하지 못했단다."

"바이러스? 정현이도 그랬어요. 바이러스라는 말을 들었다고. 아이들이 바이러스에 감염된 걸 거라고."

유택이의 반응에 교관은 의외라는 듯 어깨를 움찔했다. 유택이는 머뭇거리며 교관에게 물었다.

"하지만…… 민선이를 죽인 건…… 정현이였잖아요? 제가 봤어요. 그날 교실에서요."

교관이 고개를 가로저었다.

"아니야. 물론 정현이가 민선이를 밀어 버리려 한 건 나도 봤어. 교실에…… 감시 카메라가 달려 있었으니까. 하지만 창에서 뛰어내린 건 민선이 스스로 한 일이야. 그 병의 증상 가운데 하나야. 환상을 보는 거지. 그래서 창문에서 뛰어내리는 사람이 종종 있단다."

"그 병이라니요? 도대체 무슨 병을 말하는 거예요?"

유택이가 벌벌 떨며 물었다. 머리가 빙글빙글 돌아 유택이는 손바닥으로 얼굴을 가렸다.

교관이 낮은 목소리로 조심스럽게 대답했다.

"우리는 그걸 좀비병이라고 부르지."

"좀비병? 도대체 그게 무슨 병인데요? 어쩌다 그런 병에 걸린 건데요?"

유택이가 숨도 쉬지 않고 물었다. 교관은 잠시 뜸을 들이다가 이내 한숨을 쉬며 말을 이었다.

"좀비병, 줄여서 Z 병이라고 하는데……. Z 바이러스가 발병한 거야. 증상은 다양해. 처음에는 눈이 빨개지지. 그러다가 증상이 심해지면 눈의 혈관이 터지면서 붉은 피가 흐르기도 해. 그때쯤이면 입이나 코에서 검은 체액이 흘러나오지. 또 다른 증상으로는 심한 분노와 환각 증상이 있어. 현실과 상상을 구별하지 못하는 거 같아. 그리고 다른 사람들을 공격해서 물어뜯는 거지."

"붉은 눈……. 물어뜯어……."

유택이는 멍하니 교관의 말을 되뇌었다. 교관이 유택이의 눈을 똑바로 보며 말했다.

"그래, 바로 네 친구들의 증상이지. 맞아. 네 친구들은 모두 Z 바이러스가 발병했다."

유택이의 눈이 점점 커졌다. 이제야 조금씩 이해가 됐다. 섬에 도착했을 때부터 아이들이 유난스럽게 군 것도 이해가 됐다.

유택이는 숨을 씩씩 몰아쉬며 교관에게 따졌다.

"그런데 왜 병원엘 안 보냈어요? 치료를 받게 했어야죠. 그깟 캠프에 보낼 게 아니라. 캠프 가서야 알았으면 그때라도 당장 병원에 보냈어야죠!"

유택이는 마구 소리를 지르다 말고 교관을 노려보았다. 교관은 일말의 죄책감도 느끼지 않는 것처럼 편안해 보였다. 유택이는 그제야 교관의 표정이 무엇을 말하는지 깨달았다.

"설마, 처음부터 알고 있었던 거예요? 우리가 아프다는 거? 그 캠프라는 것도 다 거짓말이었어요?"

질문하는 유택이의 목소리가 마구 떨렸다. 잠자코 있던 교관이 무표정하게 받아쳤다.

"먼저 네가 뭘 기억하고 있는지부터 알아야 한다고 했지. 자, 그럼 너랑 정현이가 컨트롤 룸에 들어갔을 때부터 시작해 볼까? 그때부터 영상 자료에 이상이 생겼으니까 말야."

유택이는 얼굴이 빨개져서 거친 숨을 내쉬었다. 순순히 교관의 말을 듣는 게 자존심 상했지만 어쩔 수 없었다. 유택이는 교관을 쏘아보다 도와달라고 손짓을 했다. 맥없이 자리에 누워 이야기하기는 싫었다. 교관은 조심스럽게 유택이를 앉히고 등 뒤에 베개를 받쳐 주었다.

유택이는 무겁게 한숨을 내쉬며 이야기를 시작했다.

"아까도 말했듯이 정현이는 우리가 바이러스에 감염된 거라고 생각했어요. 그래서 그런지 다 포기한 사람 같았어요. 이제 곧 죽을 거라고 생각했겠죠. 저도 그랬거든요. 아무튼 여태까지 보였던 태도랑은 조금 달랐어요. 저한테 늘 가시 돋친 고슴도치처럼 굴었는데, 그날은 다르더라고요. 속에 있는 이야기를 술술 풀어 놨거든요. 정현이가 한참 울다 고개를 들었는데 눈이 아주 새빨갰어요. 소름이 쫙 돋았어요. 다른 아이들이 미쳐서 날뛰기 전에 다들 눈이 새빨개졌으니까요."

"그래서 정현이가 날뛰기 시작했니? 그래서 기계가 망가진 거니?"

교관의 물음에 유택이는 고개를 저었다. 유택이는 마른침을 간신히 넘기며 말을 계속했다. 교관이 재빨리 일어나 플라스틱 컵에 물을 따라 왔다. 유택이는 천천히 한 모금 마셨다.

"아니요. 다행히 그러지는 않았어요. 다 울고 난 정현이는 무섭도록 침착해졌어요. 방 안을 한번 쓱 둘러보더니 손가락으로 천장을 가리켰죠. 올려다보니까 아주 가느다란 선이 눈에 띄었어요. 꼭 잠수함의 해치처럼 둥그런 데다 자세히 보니 손잡이 같은 것도 있더라고요. 전 조명인 줄로만 알았는데, 역시 정현이 눈 매서운 건 못 당하겠다 싶었죠. 우리는 그 문이 비상 탈출구 같은 거라고 생각했어요. 열어 보기로 했죠. 어차피 밑져야 본전이니까. 우리 둘은 방 안을 샅샅이 뒤졌어요. 그런데 아무리 찾아도 버튼이나 스위치가 안 보여서 컴퓨터를 뒤져 보기로 했어요. 담배가 놓여 있던 컴퓨터부터 뒤지기로 했죠."

"왜?"

교관이 어리둥절한 얼굴로 물었다. 유택이는 당연한 걸 물어본다는 듯 비실비실 웃었다.

"그야 당연하잖아요. 남아 있던 커피 잔을 보면 사람이 여러 명 있었어요. 그런데 피우던 담배는 단 한 개비. 우리는 담배를 피운 사람이 제일 높은 사람일 거라고 생각했어요. 그러니까 그렇게 꽉 막힌 곳에서 눈치 안 보고 담배를 피웠을 거라고요."

교관이 머리를 긁적였다.

"그 생각은 미처 못했는걸. 맞아. 담배를 피운 사람은 나였다. 캠프 책임자지. 그래서 내 컴퓨터에서 비상문을 여는 프로그램을 찾았구나."

교관이 대견하다는 듯 유택이를 부추겼다. 유택이는 난데없는 칭찬에 얼굴이 붉어졌다. 이 와중에도 칭찬을 들으니 기분이 좋았다.

"프로그램이 한두 개가 아니던데요. 그래서 우리는 아무거나 막 눌러 보기로 했어요. 불이 꺼졌다 켜지질 않나, 모니터도 제멋대로 꺼졌다 켜지고, 조금 무섭더라고요. 아무튼 어쩌다 제대로 된 프로그램을 눌렀는지 문에서 푸쉭 하고 바람 빠지는 소리가 났어요. 그러더니 바닥에서 철사다리가 올라왔어요."

교관이 알았다며 고개를 마구 끄덕였다. 영상 자료가 꺼진

이유를 알아낸 것이다. 유택이는 잠시 이야기를 멈추고 교관의 낯빛을 살폈다. 교관이 계속하라고 손짓했다.

"우리는 일단 그 방에서 나가기로 했어요. 그런데 모니터에서 못 볼 걸 봤지요."

유택이의 목소리가 조금씩 떨리기 시작했다. 교관은 팔을 뻗어 유택이의 어깨를 토닥여 주었다. 유택이는 하던 이야기를 멈추고 숨을 골랐다. 그때 삐리릿 전자 키 누르는 소리가 들리며 문이 열렸다. 교관은 문을 열고 들어온 여자를 힐끔 보더니 손목시계를 들여다봤다.

"벌써 시간이 이렇게 됐나?"

유택이는 여자의 손에 들린 주사기를 멀뚱멀뚱 쳐다보았다. 여자는 능숙한 솜씨로 유택이의 팔에 고무줄을 묶었다.

"뭐야? 왜 이래?"

유택이가 팔을 휘두르자 여자가 귀찮아하는 얼굴로 교관을 보았다. 교관이 여자에게 짧게 중얼거렸다. 여자가 뒤로 물러서자 교관은 부드러운 목소리로 유택이를 달랬다.

"괜찮아. 저분은 너를 돌보는 간호사야. 네가 잠들었을 때부터 줄곧 돌봐 준 분이니까 걱정하지 않아도 돼."

유택이는 무표정하게 서 있는 여자와 교관을 번갈아 쳐다보며 버럭 소리쳤다.

"그럼 지금까지 계속 내 피를 뽑았다는 거예요? 누구 허락받고요! 우리 부모님은 알고 있어요? 내가 여기 있는 거?"

여자의 얼굴에 당황한 빛이 스쳤다. 교관은 여자에게 가볍게 손을 흔들어 보였다. 여자는 불쾌한 표정을 짓더니 건조한 말투로 빠르게 대꾸했다.

"지금 뽑아야 해요. 꼭!"

유택이는 여자를 똑바로 쳐다보았다. 왜 꼭 지금이어야 할까? 건강 상태를 체크하려는 거라면 조금 이따 다시 와도 될 텐데. 유택이는 여자를 한 번 노려보고, 교관 뒤로 미처 닫히지 않은 문을 보았다. 평범해 보이던 문에 달린 서너 개의 개폐 장치가 눈에 들어왔다. 그리고 문 밖에 드리워진 플라스틱 가리개도 보았다. 재난 영화에서나 봤을 법한 장치였다. 생김새가 꼭 바이러스가 빠져나가지 못하게 감염 환자를 가둬 놓던 방처럼 생겼다.

유택이는 멍하니 교관을 보았다.

"나 갇힌 거예요? 여기 병원 아니었어요?"

교관이 유택이를 다독이며 여자에게 눈짓을 했다. 순식간에 여자가 유택이에게 달려들었다. 유택이는 있는 힘껏 뿌리치려 했다. 그러나 팔을 겨우 두어 번 휘두르고는 침대에 널브러져 버렸다. 교관이 유택이의 팔을 단단히 잡고 안타까운 눈길을 건넸다. 여자는 우악스러우면서도 숙련된 손놀림으로 유택이 팔에 주사기를 꽂았다. 유택이는 침대에 구겨진 채 여자를 노려보았다. 교관이 유택이의 어깨를 어르듯 두드렸다.

유택이는 새파랗게 질려서 더듬더듬 말을 꺼냈다.

"이제 교관님 차례예요. 여기는 어디인지, 내 피는 왜 뽑는지, 그 빌어먹을 바이러스는 뭔지, 우리가 왜 그따위 바이러스에 감염된 건지 다 말해 줘요. 먼저 말해 주지 않으면 나도 아무 말 안 할 거예요!"

교관이 그럴 줄 알았다며 의자에 축 늘어졌다. 피를 다 뽑은 여자가 만족스러운 얼굴로 까닥 인사하고 방을 나갔다. 교관은 인사를 받는 둥 마는 둥 심각한 얼굴로 창밖을 바라보았다. 한참을 고민하던 교관은 주머니에서 휴대폰을 꺼내 어디론가 전화를 걸었다. 한동안 알 수 없는 이야기가 오간 뒤 교관은 밝은 얼굴로 유택이에게 말했다.

"좋아, 이야기해 주지. 너무 놀라 기절하면 안 된다."

유택이는 진지한 얼굴로 고개를 끄덕였다. 교관은 유택이의 머리를 슥슥 문질러 헝클어뜨리더니 들고 있던 휴대폰을 내밀었다.

"자, 읽어 보렴."

"이게 뭔데요?"

"보고서다. 너희에 관한 보고서. 발병 조사 부분만 읽으면 된다. 나머지는 네가 읽기엔 좀 어려울 거야."

유택이는 허겁지겁 휴대폰을 받아 들었다.

11구역 Z 바이러스 감시 보고서

한문중학교 2학년을 대상으로 다음과 같이 Z 바이러스 발병 원인을 검사하였음을 보고합니다.

1. 호르몬 과다 분비
2. 자포자기 심리 상태로 인한 호르몬 교란
3. 지속적인 폭언에 노출됨으로 인한 호르몬 과잉
4. 지속적으로 폭력적인 환경에 노출
5. 심리적 고립으로 인한 호르몬 교란
6. 습관적인 폭언으로 인한 호르몬 교란
7. 타인과의 관계 형성 시 가학적 성향이 강함
8. 심각한 자존감 상실 상태
9. 물리적 고립으로 인한 호르몬 교란

위의 조건들은 순서와 상관없이 동일한 중요도를 적용했으며, 다음의 기준에 따라 발병 여부를 판단하였습니다.

1~3개 충족 C등급, 양호, 발병하지 않음.

4~5개 충족 B등급, 위험, 지속적인 관찰 필요. 잘 관리할 경우 눈치채지 못할 만큼 경미한 병증이 일어날 수 있음.

6~8개 충족 A등급, 고위험, 격리하여 적극 대처할 것.

9개 S등급, 환각과 분노 증상이 심하므로 격리할 것. 사망에 대비할 것.

제2차 Z 바이러스 발병 관리 대상자 명단

김민선 나이 만 14세 / 성별 여 / S등급, 9개 조건 충족.
사망에 대비할 것

오다은 나이 만 14세/ 성별 여 / A등급, 8개 조건 충족.
고위험군, 격리 대상

이규리 나이 만 14세 / 성별 여 / A등급, 8개 조건 충족.
고위험군, 격리 대상

박정현 나이 만 14세 / 성별 여 / A등급, 7개 조건 충족.
고위험군, 격리 대상

서도담 나이 만 14세 / 성별 여 / A등급, 7개 조건 충족.
고위험군, 격리 대상

구혜진 나이 만 14세 / 성별 여 / A등급, 6개 조건 충족.
고위험군, 격리 대상

엄태은 나이 만 14세 / 성별 여 / A등급, 6개 조건 충족.
고위험군, 격리 대상

정유택 나이 만 14세 / 성별 남 / A등급, 6개 조건 충족.
고위험군, 격리 대상

한문중학교 2학년 학생 8명에게서 Z 바이러스의 발병이 감지되었음을 보고합니다.
이에 Z 캠프 실시를 요구합니다.

한문중학교 이사장 김문동

휴대폰을 읽던 유택이는 혼란스러운 표정으로 교관을 보았다. 이사장이 직접 쓴 보고서라는 것 말고는 무슨 말인지 알 수가 없었다.

교관이 유택이 곁에 바짝 다가앉았다.

“사람들은 감정이 몸에 끼치는 영향을 과소평가하는 경향이 있지. 감정이라는 게 몸 안에 흐르는 호르몬과 직접 연결되어 있다는 걸 모르는 거야. 호르몬이란 평소에는 잔잔한 강 같단 말이다. 마을 옆을 흐르는 강에 누가 신경을 쓰겠니. 평소에는 그 강이 우리 가까이에서 흐르고 있다는 걸 잊어버리기 일쑤지. 그러다가 한 번 비라도 크게 오거나 한 달씩 가물기라도 하면 그때부터 난리가 나는 거야. 삶이 송두리째 흔들려 버리지. 그게 감정이 흔들릴 때와 똑같아. 특히 너희처럼 작은 일에도 성호르몬이 요동을 칠 때면 어김없이 문제가 일어난단 말이다.”

유택이는 난데없는 호르몬 타령에 이마를 찌푸렸다. 어른들은 왜 하나같이 말을 빙빙 돌리는지 알 수가 없었다.

“그래서 무슨 이야기를 하고 싶은 건데요. 우리가 호르몬 때문에 병이라도 걸렸다는 거예요 뭐예요?”

유택이가 교관의 말을 뚝 잘랐다. 말장난 따위를 듣고 있을 마음의 여유 따위는 없었다.

교관은 입맛을 쩝 다시고 본론으로 들어갔다.

“생각보다 더 똑똑한데? 맞아. 우리는 인간의 호르몬 변화가 Z 바이러스와 연관되어 있다고 생각해. 사실 Z 바이러스 자체는 그다지 무서울 게 없어. 인간과 꽤 오랫동안 공생해 온 바이러스지. Z 바이러스는 구십 퍼센트가 넘는 인간이 가지고 있어. Z 바이러스가 없는 사람이 오히려 희귀할 정도야. 있는 듯 없는 듯 인간의 몸 안에서 숨죽이며 오랫동안 기생해 온 거지. 그래서 Z 바이러스 연구가 거의 진행되지 않은 데다 이 녀석은 발병이 됐다 쳐도 증세가 아주 미미해서 지금까지는 거의 무시하다시피 했지. 그런데 십여 년 전 1차 Z 바이러스 발병 후부터 바이러스의 반응이 점점 심해지고 있단다."

"1차 발병은 어디서 일어났는데요?"

유택이는 궁금해서 교관의 말을 끊었다. 교관이 눈살을 찌푸리며 뒤통수를 긁적였다.

"어, 그러니까…… 서울에 있는 어느 중학교라고 해 두자. 자세한 건 말 못해. 극비거든. 그때도 학생 한 명이 죽었어. 몇 가지 조건이 충족되면 폭발적인 발병 증상이 나타나는데, 그때만 해도 Z 바이러스에 대해 알려진 게 거의 없어서 난리도 아니었다. 한 명 죽고 집단으로 환각 증상에 분노 반응이 일어나서 한 학급 전체가 서로 물고 뜯고……. 암튼 Z 바이러스가 발병한 게 좀비병이다. 왜 좀비병이라고 하는지 알겠니?"

유택이가 짧게 고개를 까딱했다. 애써 무덤덤한 표정을 지었지만 되살아난 시체처럼 비틀거리던 아이들 모습이 자꾸만 떠올랐다. 좀비라니. 아무리 발병한 사람들의 모습이 좀비 같다고는 해도 심하게 노골적인 병명이었다.

"좋아. 그러니까 내 말은 대부분의 사람들이 Z 바이러스를 가지고 있는데, 심하게 발병하는 환자들은 거의 다 청소년이더라는 거야. 그래서 우리는 학교에 Z 바이러스 감시단을 만들고 바이러스 발병을 추적해 왔단다."

교관이 두 팔을 쫙 펼치며 거창하게 이야기를 마무리했다. 하지만 유택이는 이쯤에서 이야기를 끝낼 생각이 전혀 없었다. 유택이는 남은 힘을 끌어모아 몸을 일으켜 세웠다.

"백신이나 치료약은 없어요? 좀비병에 대해서 알게 된 게 십 년쯤 됐다면서요. 그런데 기껏 한다는 게 좀비병 환자들을 격리하는 거예요? 아무리 생각해도 좀비병이 나타난 우릴 섬으로 데려간 이유를 모르겠어요. 우리끼리 물어뜯게 놔두다니 말이 돼요?"

유택이는 그날의 두려움이 살아나 부들부들 떨었다. 그러다 문득 정문이 닫혀 있던 게 기억났다. 유택이는 주먹으로 이불을 팡팡 쳤다. 머릿속이 하얘지며 분노가 끓어올랐다. 교관은 냉정한 태도로 유택이의 행동을 지켜보았다. 뜯어말리거나 미안해하지도 않았다. 교관은 그저 유택이가 마음속에 가득 찬 분노를 게워 내는 걸 묵묵히 지켜보았다.

마침내 유택이가 물에 젖은 솜처럼 축 늘어지자 교관은 길게 숨을 내쉬었다.

"아무 일도 안 했다고 생각하는 것도 무리가 아니지. 하지만 네가 모르는 게 많아. 우리는 나름 최선을 다했어."

"무슨 최선요!"

유택이가 물어뜯듯 대들자 교관이 단호하게 말했다.

"들어 봐."

유택이는 불만스러운 얼굴로 입을 꾹 다물었다. 일이 어떻게 돌아가는 건지 궁금하기도 했거니와 더 이상 소리칠 기운도 남아 있지 않았다.

교관은 이마의 땀을 닦으며 조곤조곤 설명하기 시작했다.

"아까도 말했듯이 Z 바이러스의 반응이 갑자기 달라졌기 때문에 아직 백신이나 치료약은 없어. 다만 알아낸 게 있다면 발병 원인 몇 가지와 발병 기간을 단축시키는 방법 정도다. 각국의 과학자들이 발병 원인과 치료약 개발을 위해 노력하고 있어. 하지만 아직까지는 별 소득이 없었다. 그래서 좀비병을 비밀에 부쳐 온 거야."

"왜요? 왜 비밀로 해요? 다 알려야죠."

교관은 빠르게 고개를 저었다.

"그럼 어떻게 되겠니? 너 같으면 어떻게 하겠어. 치료약조차 없는 바이러스 병이 온 세계에 퍼졌다는 걸 알게 된다면 말이다. 아마 세상은 발칵 뒤집어질 거다. 그래서 각국 정부는 좀비병을 비밀에 부치기로 한 거야. 백신이 개발되기 전까지 말이다. 좀비병은 가만히 두면 몇 년 동안 좀비처럼 지내야만 한단다. 사람에 따라 조금씩 차이가 있지만 바이러스가 다시

잠복기로 접어들 때까지 대충 이삼 년쯤 걸려. 끔찍한 일이지. 다행히도 우린 바이러스의 발병 기간을 단축시키는 방법과 약을 찾아냈어. 그래서 너희들을 Z 캠프에 보낸 거다. 격리하고 약을 먹여서 발병 기간을 단축시킨 거야. 임시 방법인 데다 이따금 사망자가 나오긴 하지만 다른 뾰족한 수가 없었다."

교관은 침통한 얼굴로 유택이를 바라보았다. 유택이는 교관의 표정에서 이쯤 이야기했으면 충분하니 더는 묻지 말라는 의도를 읽었다. 하지만 유택이는 아직 궁금한 게 많았다. 유택이는 몸을 쭉 펴고 푹신한 침대에 몸을 파묻었다. 몸은 천근만근 늘어졌지만 반대로 머릿속은 점점 환해졌다.

"거짓말 마요. 약 따윈 한 번도 먹은 적 없다고요."

유택이가 냉랭하게 대꾸했다. 교관은 어깨를 으쓱하며 유택이를 빤히 바라보았다. 유택이는 교관의 미심쩍은 태도에 불쑥 의심이 솟았다.

"혹시…… 우리한테 약 먹였어요? 언제? 언제요?"

"그나저나 네가 캠프에서 벌어진 일을 다 기억한다는 게 참 신기한 일이야."

교관이 급하게 이야기의 방향을 틀었다. 허둥대는 모양새가 이상했다. 유택이는 캠프에서 먹은 음식을 천천히 되새겼다. 저녁에 약을 넣었을 리가 없었다. 도담이는 단 한 숟가락도 먹지 않았으니까. 규리도 안 먹었고. 유택이는 그날 먹은 음식을 조심스럽게 떠올리며 건성으로 물었다.

"뭐가 신기해요?"

건성으로 던진 질문이 뜻밖에 중요한 문제였는지, 교관이 끙 소리를 냈다.

"좀비병이 비밀로 유지될 수 있었던 건 바이러스가 치료되면 발병했을 때의 기억을 잃기 때문이야. 캠프에 참가했던 네 친구들은 그날을 기억하지 못한다. 다들 캠프에 가다 배 사고가 난 줄 알아."

유택이 눈이 휘둥그레졌다.

"그런데 왜 나는……?"

교관이 어깨를 으쓱하더니 두 팔을 뻗어 머리 뒤로 깍지를 꼈다.

"글쎄, 잘 모르겠어. 캠프에서 아이들이 서로 물고 뜯도록 내버려 둔 이유가 뭐라고 생각하니. 분노가 폭발하도록 내버려 둬야만 발병 기간을 단축시킬 수 있기 때문이야. 물고 뜯게 내버려 둔다 해도 너무 심하게 다치면 곤란하니까. 감시 카메라로 너희를 감시했던 거고. 그런데 넌 발병하지 않았어. 상처로 보면 누가 너를 문 게 확실한데 말이야. 분명히 바이러스의 작용이 폭발적으로 증가했을 텐데, 발병을 안 했어. 이런 일은 처음이다."

교관은 몸을 뒤로 젖히고 한쪽 다리를 탈탈 털었다. 느긋한 몸짓과는 달리 교관의 눈초리는 매서웠다.

유택이는 자기를 아래위로 훑어보는 교관의 눈초리가 부담스러워 고개를 돌렸다. 열린 창문 틈으로 북 두드리듯 따가운 매미 소리가 들려왔다. 이제 겨우 6월 말인데 유난스럽게 시끄럽다. 매미 소리를 듣고 있자니 뱅글뱅글 반복되는 일상이 가슴 시리게 그리웠다. 유택이는 눈에 고이기 시작한 눈물을 재빨리 털고 코를 훌쩍였다.

"내 피는 왜 뽑는 건데요? 아까 그 무서운 아줌마 하는 짓 보면 시간을 꼭 지켜야 하는 것 같던데, 혹시 나 가지고 무슨 실험 해요? 나 실험용 쥐 꼴 난 거냐고요?"

교관이 킥킥 웃었다. 교관은 유택이와의 대화를 즐기는 듯했다. 유택이는 어이가 없어서 멍하니 교관을 바라보았다.

"뭐가 우스워요?"

"실험용 쥐라. 맞는 말이야. 실험 쥐라면 실험 쥐라고 할 수 있지."

교관은 발끈한 표정의 유택이를 보며 손사래를 쳤다.

"그렇게 화낼 거 없어. 이제부터 정말 중요한 이야기를 할 참이었으니까."

유택이의 표정이 눈에 띄게 누그러졌다. 교관은 목뒤에 둘렀던 팔을 풀더니 갑자기 얼굴을 가까이 들이댔다.

"네 말대로 너는 실험 대상이야. 네 피에는 Z 바이러스에 대한 항체가 있단다."

유택이는 입을 쩍 벌린 채 이불을 움켜쥐었다. 번개를 맞은 듯 온몸이 찌릿찌릿했다. 도대체 자신에게 무슨 일이 벌어진 것일까? 유택이는 터져 나오려는 눈물을 참으며 교관을 노려보았다. 교관의 얼굴은 평온했다. 마치 빵에 버터가 들어 있다거나 김치에 고춧가루가 들어 있다는 당연한 이야기를 하는 것처럼. 한 점의 동요도 내비치지 않는 교관을 향해 분노가 솟아올랐다. 유택이는 입술을 꽉 깨물었다.

"가세요. 더는 아무 말도 하고 싶지 않아요."

교관은 꿈쩍도 하지 않고 유택이를 노려보았다. 둘 사이에 차가운 긴장감이 맴돌았다. 유택이 말이 허튼소리가 아니라는 것을 깨달았는지 교관은 쓴웃음을 지었다.

'웃어? 지금 웃음이 나와!'

목구멍 깊은 곳에서 뜨거운 분노가 울컥 차올라 유택이는 이불을 확 뒤집어썼다. 교관은 한숨을 푹 쉬었다. 그러더니 휴대폰을 들었다.

"응, 그 애 좀 부탁해. 지금 당장."

유택이는 이불 너머로 들리는 교관의 목소리에 필사적으로 귀를 기울였다.

갑자기 이불이 쓱 들춰졌다. 교관이 슬그머니 이불을 들추고 유택이를 일으켰다.

"유택아, 네가 화내는 건 이해가 가. 하지만 이렇게 화만 내면 아무 이야기도 들을 수가 없어. 자, 자세한 이야기를 하기 전에 먼저 너한테 선물을 줄 건데, 어때? 이야기를 마저 할까?"

교관의 목소리는 다정하지만 단호했다. 유택이는 묵묵히 고개를 창문으로 돌렸다. 유택이의 침묵을 동의로 받아들였는지 교관이 고개를 끄덕였다.

"너무 감격해서 쓰러지면 안 된다, 알았지?"

교관은 능글맞게 웃더니 침대 옆의 스위치를 눌렀다. 곧이어 삐삐삣 전자음과 함께 문이 열렸다. 간호사가 등을 동그랗게 구부린 채 무언가를 밀고 들어왔다.

유택이의 눈이 점점 커지더니 얼굴이 새하얗게 질렸다. 규리다. 휠체어를 탄 규리였다.

"안녕? 유택아."

귀와 목에 붕대를 칭칭 감은 규리가 기운 없이 웃었다. 유택이는 토할 것 같은 기분이 들어 손으로 입을 틀어막았다. 교관이 딱하다는 듯 쯧쯧 혀를 찼다. 간호사가 부드러운 손길로 유택이를 자리에 눕히고 팔에 링거를 꽂은 뒤 교관에게 쏘아붙였다.

"이 애는 환자예요. 쓸데없는 얘기 그만하고 빨리 나와요."

교관은 항의하려는 듯 두 팔을 벌렸지만 간호사는 단호하게 교관의 말을 끊었다. 간호사는 유택이 팔에 꽂힌 주사기를 꼼꼼히 살피고 방을 나갔다. 간호사가 나가자 교관은 안심하는 표정을 지었다.

"하여튼 저 아줌마 무서워. 하던 이야기, 마저 할까? 항체 이야기 했지. 어째서 너랑 규리만 항체를 갖게 됐는지는 모르겠다. Z 바이러스는 발병했다고 항체가 자연적으로 생기진 않거든. 발병기가 지나면 조용히 림프샘 안으로 물러가서 숨죽이고 있지."

"규리도 여기 있다는 말은 안 했잖아요. 이게 다 뭐야! 뭐냐고!"

유택이가 버럭 소리를 질렀다. 규리가 움찔하며 휠체어의 팔걸이를 움켜쥐었다. 교관이 코를 킁킁거리며 의자에 몸을 기댔다. 방 안에 무거운 침묵이 깔렸다.

규리가 교관과 유택이를 번갈아 보더니 천천히 휠체어를 움직여 유택이에게 다가갔다.

"유택아, 너 방금 깨어났잖아. 난 깨어난 지 좀 됐어. 일주일쯤 됐을 거야. 나도 미칠 것같이 궁금하고 내가 왜 여기에 있어야 하는지 알고 싶거든? 근데 네가 깨어나야 알려 주겠다고 해서 겨우 참았어. 그러니까 화는 조금 이따 내고 우리 이야기부터 듣자."

규리의 차분한 목소리에 유택이는 깜짝 놀랐다. 규리답지 않은 말투였다. 평소의 규리라면 자기보다 열 배는 더 펄쩍 뛰었을 거다. 유택이는 입술을 꽉 깨문 채 고개를 끄덕였다. 그제야 교관은 몸을 일으키더니 입을 열었다.

"잘 들어. 딱 한 번만 이야기할 테니까. Z 바이러스의 항체가 절대적으로 필요한 지금 너희 둘은 우리에게 아주 소중한 존재다. 너희가 어떻게 항체를 가지게 됐는지, 다른 아이들과 어떤 점이 다른지는 아직 모르겠다. 너희 둘이랑 천천히 이야기를 나눠 보면 알게 되겠지. 아무튼 지금 확실한 사실은, 너희를 연구하면 항체를 대량생산할 수 있다는 거야. 너랑 규리 핏속에 있는 항체만 불려도 당장 쓸 항체는 확보할 수 있단 말이지."

유택이와 규리는 신이 나서 떠들어 대는 교관을 가만히 노려보았다. 자신들의 피를 약품이라도 되는 양 여기는 교관의 태도가 섬뜩했다. 이러다 혈관마다 주사기를 꽂아 마지막 한 방울까지 피를 쪽쪽 빼 버리는 건 아닐까. 유택이는 금방이라도 울음이 터질 것 같아 화끈거리는 두 눈을 꾹꾹 눌렀다.

아이들의 기색이 심상치 않음을 알아채고 교관은 입을 다물었다.

"왜요. 더 떠들지 않고요."

유택이가 비아냥댔다. 교관은 큼큼 목을 가다듬으며 아이들 눈치를 살폈다. 유택이는 부글부글 끓어오르는 분노를 애써 추슬렀다.

"엄마는요. 우리 부모님은 내가 여기 있는 거 알아요?"

교관이 떨떠름한 얼굴로 고개를 끄덕였다.

"뭐라고 거짓말을 했는데요?"

"거짓말 안 했다. 다 이야기하지 않았을 뿐이야. 너는 정말 아팠잖니. 한 달 넘게 혼수상태였고. 너희 부모님에게는 이사장이 잘 이야기했어. 학교 캠프에 참가했다가 사고가 난 거니까 이사장이 책임지고 최고 병원의 최고 의료진을 대 주겠다고. 거짓말 아니잖아."

유택이는 기가 차서 교관을 쏘아보았다. 교관은 얼굴이 벌게져서 우물거렸다.

"네 부모님도 네가 깨어난 걸 알면 기뻐하실 거다. 그건 그렇고, 설명했다시피 너희는 우리에게 아주 소중하다. 그러니 연구가 어느 정도 진행될 때까지 우리를 도와주겠니? 그리고 궁금한 게 하나 있어. 꼭 알려 줬으면 하는데……. 유택이 넌 도담이, 정현이와 함께 쓰러져 있었다. 둘 중 누가 널 물었지? 혹시 연구에 도움이 될지 모르니 정직하게 말해 줬으면 해."

유택이는 이불을 코 밑까지 끌어당겼다. 갑자기 한기가 나며 몸이 오들오들 떨렸다. 교관이 벌떡 일어나 유택이의 이마를 짚었다. 유택이는 교관의 눈길을 피해 벽으로 고개를 돌렸다. 교관은 잔뜩 찌푸린 얼굴로 고개를 휘휘 저었다.

"너무 무리했나 보구나. 열이 오른다. 쉬어라. 나머지 이야기는 나중에 하자."

교관은 규리를 돌아보며 물었다.

"너는 어떻게 할래? 여기 더 있을래?"

규리가 말없이 고개를 끄덕였다. 교관은 규리 무릎에 담요를 꼼꼼하게 덮어 주며 부드럽게 웃었다. 그런 다음 유택이의 머리를 쓰다듬고 몸을 꼿꼿이 세웠다.

유택이는 몸을 꼿꼿이 세우는 교관을 힐끔 보았다. 섬에서 처음 교관을 봤을 때 느꼈던 위화감이 되살아났다. 교관의 등에 대고 유택이가 서둘러 물었다.

"우린 언제 집으로 돌아가요? 학교는요?"

교관이 뒤돌아보며 환하게 미소 지었다.

"글쎄……?"

애매한 대답과 함께 철커덕 문이 닫혔다. 유택이는 하얀 철문을 멍하니 바라보았다. 교관은 도와주겠느냐고 물었지만 선택의 여지가 없음을 유택이는 잘 알고 있었다. 유택이는 이불 속으로 꾸물꾸물 파고들었다.

"네 목소리 들었어. 그날."

규리의 목소리가 서늘했다. 유택이는 규리의 말뜻을 이해할 수 없어 얼굴을 찡그렸다. 규리는 덤덤한 얼굴로 유택이를 물끄러미 보았다.

"그날, 오다은이 날 물었을 때. 네가 소리쳤지. 문 열면 안 된다고."

유택이 얼굴이 창백해졌다. 갑자기 눈앞으로 그날의 광경이 몰려왔다. 온통 초록빛으로 물든 복도, 자기를 향해 덤벼들던 도담이의 얼굴, 사방으로 튀던 검은 체액, 피가 흘러내리던 눈. 아무 소리도 들리지 않는 침묵의 공간에서 도담이가 살아나고 또 살아났다.

유택이는 뻣뻣하게 굳은 채 부들부들 떨었다. 규리가 힘겹게 일어나 유택이 손을 꽉 잡았다. 규리의 따뜻한 체온이 유택이의 손을 통해 조금씩 흘러들었다. 유택이는 규리의 손을 꼭 맞잡았다. 그 손을 놓으면 어둠 속으로 다시 빨려 들어갈 것만 같았다.

규리도 유택이의 손을 뿌리치지 않았다. 규리는 천천히 유택이 침대 맡에 걸터앉았다. 아직은 오래 서 있을 만큼 몸이 회복되지 않았다. 규리는 침대 맡에 앉아 차분히 숨을 골랐다. 가쁜 숨소리가 조금씩 가라앉았다. 규리는 얼굴에 맺힌 땀을 닦고 창밖으로 눈을 돌렸다.

사방이 조용했다. 이따금 들려오는 매미 소리만이 두 사람이 깨어 있다는 것을 알려 주었다.

"너도 기억이 나는구나?"

유택이가 불쑥 물었다.

"너도?"

규리가 부드럽게 받아쳤다.

"응. 다른 아이들 얘기는 들었어?"

유택이 질문에 규리는 고개를 저었다.

"별로. 기억을 잃었다는 것 말고는……. 너도 들었어? 그……."

규리는 멈칫하더니 이야기를 계속했다.

"Z 바이러스 이야기랑 캠프 이야기……."

유택이가 고개를 끄덕였다. 규리와 유택이는 서로 빤히 바라보았다. 머쓱해진 유택이가 규리의 손을 놓았다. 규리는 씩 웃으며 손바닥을 옷에 문질렀다.

"오다은한테 물어뜯기면서 이제 죽었구나 생각했어. 정말 무서웠거든. 다시는 생각하기도 싫을 정도로. 그런데 눈을 떠 보니 여기였어. 교관이 이것저것 설명해 줬지. 몸이 좀 나아지니까 너도 여기 있다고 말해 주더라. 나, 너 많이 기다렸다. 빨리 깨어나라고 기도도 했어. 헤헤, 나답지 않지?"

유택이는 규리의 시선을 슬그머니 피했다. 정말이었다. 규리는 달라져 있었다. 예전의 규리는 거칠고 멍청해 보였다. 유택이는 어떻게 대답할까 궁리하다 말고 담담하게 대꾸했다. 머리를 굴릴 힘도 없었지만, 더는 재고 감추는 게 싫었다.

"응, 너 많이 달라졌어. 정말 많이!"

규리가 웃으며 눈을 흘겼다.

"대놓고 말하다니 너도 좀 달라졌네. 암튼 나 말이야, 가시를 세우고 다른 사람한테 함부로 구는 게 무슨 소용일까 싶었어. 그런다고 내가 더 잘나지는 것도 아니고 주목받는 것도 아니고. 그런 심한 꼴을 당하고서야 깨닫다니, 참 멍청해."

규리가 씁쓸하게 웃었다. 유택이도 따라 쓴웃음을 지었다. 규리가 유택이 표정을 살피며 머뭇거렸다.

"나, 오다은한테 물릴 때 민선이 생각을 했어. 어쩐지 그때는 민선이 마음을 이해하겠더라고. 어찌나 미안하던지……. 내가 민선이한테 했던 짓들이 막 떠오르는 거야. 왜, 죽기 전에는 자기 인생이 눈앞에 쫙 펼쳐진다잖아. 미안해, 미안해,

하면서 정신을 잃었는데, 눈을 떠 보니 안 죽었더라고."

유택이 눈빛이 불안하게 흔들렸다. 유택이는 침을 꿀꺽 넘기고 규리를 마주 보았다.

'미안했다고? 나도 같은 생각을 하지 않았던가? 설마.'

유택이는 잘 돌아가지 않는 머리를 굴리려 애를 썼다. 교관은 호르몬이 바이러스와 연결되어 있다고 했다.

'규리와 내 감정 때문에 항체가 생길 수도 있나?'

머리가 지끈거려 유택이는 머리를 감쌌다. 모르겠다. 정말 알 수가 없었다.

규리가 말했다.

"나 그렇게 되고 나서 무슨 일이 있었어? 저기…… 말해 줄 수 있어?"

유택이는 문득 궁금해졌다. 도대체 규리와 자신에게 무슨 일이 일어난 걸까? 둘은 그날 무슨 일을 했기에 나머지 아이들과 다른 걸까? 캠프의 기억을 떠올리기가 괴로워 유택이는 머리를 감싸 안았다. 규리가 걱정스러운 표정을 지었다. 유택이는 휘몰아치는 감정을 억눌렀다. 이야기해야 했다. 마음의 짐을 덜기 위해서라도. 규리와 자기에게 벌어진 일이 뭔지 헤아리기 위해서라도. 유택이는 숨을 크게 몰아쉬고 천천히 말문을 열었다.

"안 보는 게 좋겠어. 보지 마."

유택이는 정현이 앞을 가로막고 섰다. 정현이는 창백한 얼굴로 단호하게 유택이를 밀어 내고 모니터 앞으로 다가섰다.

비참하고 괴기스럽고 무서운 몸짓들. 모니터 속에서 혜진이와 태은이가 도담이를 향해 무언의 분노를 터뜨리고 있었다. 도담이는 팔을 내저으며 아이들을 떼어 내려 애를 썼지만 두 아이는 번갈아 가며 도담이에게 달려들고 있었다. 아무리 도담이라도 2 대 1이라면 가망이 없었다.

유택이는 냉정하게 돌아서서 사다리에 발을 올렸다.

"이럴 시간 없어. 빨리 나와! 밖으로 나가야 해."

"하지만 도담이가……."

유택이는 욕설을 퍼부으며 정현이의 팔을 잡아끌었다. 정현이는 유택이의 힘에 조금 딸려 오다가 슬그머니 팔을 뺐다. 정현이는 유택이에게 뭐라 말하려다 말고 이내 고개를 저었다.

"뭐 하고 있는 거야?"

유택이는 버럭 소리 지르고 사다리 위로 기어올랐다. 탕, 탕, 탕, 탕! 한 걸음 내디딜 때마다 쇠로 만든 사다리가 울렸다. 사다리 끝에 다다르자 희미하던 실금이 또렷하게 보였다. 걸쇠가 걸려 있는 모양새가 밖으로 나가는 출입구가 분명했다. 유택이는 오른손으로 사다리를 꽉 움켜잡은 채 왼손을 걸쇠로 뻗었다. 손이 닫자마자 걸쇠가 스윽 돌아갔다. 슈우욱 소리와 함께 동그란 문이 한 바퀴 돌며 위로 젖혀지더니 머리 위로 시원한 공기가 밀려들었다. 얼마나 많은 사람들이 이 방을 드나들며 감시한 걸까? 유택이는 등골이 쭈뼛 서며 화가 치밀었다.

"정현아, 어서 올라와. 나가는 길 맞아."

유택이가 사다리 아래를 향해 소리쳤다. 이제 정현이와 함께 이 지옥 같은 건물을 빠져나가기만 하면 된다. 정현이는 휘청거리며 사다리에 올라섰다.

"난……."

정현이가 조그맣게 웅얼거렸다. 말소리가 뭉그러져 들리지 않았다.

"뭐? 뭐라고 했어?"

유택이가 정현이를 내려다보며 물었다.

"난 안 가. 이대로는 못 가. 도담인 내 꺼야. 나 아니면 안 돼. 내가 필요하다고."

정현이 목소리가 조금 커졌다. 유택이 표정이 딱딱하게 굳었다. 유택이는 아래쪽으로 힘껏 손을 뻗었다. 조금만 더 뻗으면 정현이 손을 잡을 수 있다. 정현이가 고개를 들고 유택이를 쳐다보았다. 유택이와 눈이 마주치자 정현이는 살짝 웃더니 사다리를 되돌아 내려갔다.

"어디 가는 거야?"

찢어지는 듯한 유택이 목소리가 방 안에 울렸다.

"도담이한테."

정현이는 사다리에서 폴짝 뛰어내리더니 밖으로 뛰어나갔다.

유택이는 망연자실한 얼굴로 사다리에 거꾸로 매달려 있었다. 이대로 정현이를 따라가야 할까? 아니면 혼자서라도 건물을 나갈까? 유택이는 쉽게 결정을 내리지 못한 채 사다리에 대롱대롱 매달려 있었다. 점점 손이 저리면서 피가 머리로 몰렸다. 유택이는 코를 훌쩍였다. 솟구치기 시작한 눈물이 뺨으로 이마로 흘렀다. 유택이는 코를 훌쩍이며 몸을 바로 세웠다.

유택이는 왼손으로 얼굴을 쓰윽 훔치고 사다리 끝까지 올라가 건물 밖으로 머리를 내밀었다. 고개를 내밀자마자 사방에서 흩뿌리는 빗줄기가 정신없이 얼굴을 내리쳤다. 유택이는 두 손으로 빗물과 눈물이 뒤섞인 얼굴을 문질렀다.

간신히 눈을 뜨고 주위를 살폈다. 젖혀진 문 옆으로 건물 벽을 따라 박힌 'ㄷ' 자 모양의 철근이 보였다. 사다리다. 유택이는 몸을 구부려 구멍 옆에서 건물 아래까지 뻗은 사다리에 발을 끼웠다. 먹빛 숲이 거세게 흔들리고 있었다. 건물을 감싼 채 우우우웅 소리를 내며 흔들리고 있었다. 갈수록 거세지는 비바람에 모든 게 미끈거렸다. 조금이라도 실수하는 순간 그대로 땅 아래로 추락할 것 같았다. 유택이는 손가락이 하얘지도록 사다리를 꽉 움켜쥐고 왼쪽 다리를 쭉 펴서 두어 칸 아래에 발을 끼웠다. 오른쪽 발을 끼울 사다리를 찾다 말고 고개를 들었다. 눈앞에 비바람에 흔들리는 검은 숲이 보였다. 검은 숲은 웅웅웅 낮은 소리를 내며 한데 뭉쳐 흔들리고 있었다. 빨려 들어갈 것처럼 거대한 숲 앞에서 유택이는 그대로 얼어붙었다.

유택이는 혼자였다. 새까만 숲 가운데 단 한 명의 친구도 없이. 이제까지 그래 왔던 것처럼 철저히 혼자였다. 유택이는 이모네 집을 떠날 때 스스로에게 했던 약속을 떠올렸다. 다시는 가해자가 되지 않기로, 다른 사람에게 상처 주지도 상처받지도 않겠다는 약속을 떠올렸다. 그 약속대로 다른 사람들과 멀리 떨어져 방관자가 되려고 죽을힘을 다해 노력해 왔다.

그런데 정말 우스운 일이었다. 어디인지도 모르는 섬의 숲 속에서, 이유도 알지 못한 채 변해 버린 아이들을 피해 건물 꼭대기에 서 있는 지금, 유택이는 깨달았다. 방관자였던 자신이 또 다른 의미의 가해자였다는 것을. 민선이의 죽음을 못 본 체하고 도담이와 정현이의 악행에 눈감은 자신 또한 가해자였음을. 하필이면 지금, 목숨을 구해 달아나다 말고 가슴 뻐근하게 깨달아 버린 것이다.

사다리를 움켜쥐었던 손아귀에서 서서히 힘이 빠져나갔다. 유택이는 사다리에서 발을 빼고는 구멍 안으로 다시 기어 들어갔다.

"제기랄!"

유택이는 욕지거리를 내뱉고 사다리를 내려왔다. 비에 젖은 바지가 다리에 척척 감겼다. 유택이는 동그란 방 안을 슬쩍 둘러보고 숨을 크게 들이마셨다. 젖은 바지를 꽉 쥐어짠 다음 방을 나섰다. 미친 짓이라는 생각이 머리를 스쳤다.

도담이에게 가까이 갈수록 희미했던 시야가 점점 밝아졌다. 도담이 발치에 쓰러져 있는 아이들이 눈에 띄었다. 유택이는 얼른 뛰어가 정현이를 일으켜 안았다. 도담이가 눈과 입에서 검은 점액을 흘리며 이상하다는 듯 고개를 갸웃했다. 섬뜩하게도 입술 끝이 말려 올려진 게 미소 짓고 있는 것 같았다.

"저리 가! 우리를 그냥 내버려 둬!"

한 발짝 다가서던 도담이가 움찔 멈춰 섰다. 그 틈에 유택이는 품에 안은 정현이를 힐끔 보았다. 도담이에게 심하게 물어뜯긴 정현이의 얼굴은 처참했다. 살이 뭉텅 떨어진 코와 뺨에서 검붉은 피가 철철 흘렀다. 유택이 눈에서 불꽃이 튀었다.

"이제 그만해도 되잖아. 정현이랑 내가 너한테 심한 짓을 했다는 거 알아. 너한테 늘 미안한 마음이었어. 하지만 이제 그만해. 그만하라고!"

잠시 움찔하던 도담이가 으아악 소리를 지르며 달려들었다. 눈에서 흐르는 피와 검은 체액이 섞여 도담이의 입가로 천천히 흘러내렸다.

유택이는 벌벌 떨며 정현이를 꽉 껴안았다.

"도담아, 미안해. 잘못했다고! 내가 잘못했어!"

유택이는 미친 듯이 소리를 지르며 오른손으로 얼굴을 가렸다. 목소리가 갈라졌다. 도담이는 거침없이 유택이 발에 이를 박아 넣었다. 유택이 품에서 정현이가 스르르 미끄러졌다. 유택이는 어두침침해지는 눈을 깜박이며 정현이를 잡으려 팔을 휘저었다. 눈앞으로 뿌연 장막이 내려오며 유택이는 정신을 잃었다.

창틈으로 후텁지근한 바람이 들어왔다. 이야기를 끝낸 유택이는 규리를 물끄러미 바라보았다. 어색한 침묵이 흘렀다.

규리의 얼굴이 조금씩 파랗게 질리나 싶더니 고개를 푹 떨구었다. 푹 숙인 얼굴 아래로 눈물이 뚝뚝 떨어졌다. 유택이는 잠시 망설이다 규리의 손을 잡았다. 규리의 흐느낌이 점점 심해졌다. 새삼스레 규리가 불쌍해서 견딜 수가 없었다. 생살이 뚝 떨어져 나간 것처럼 가슴이 아려서 유택이는 힘겹게 몸을 일으켰다.

"괜찮아. 괜찮아질 거야."

유택이는 정신없이 웅얼거렸다. 목이 눌린 듯한 규리의 울음소리가 점점 커졌다. 유택이는 규리의 등을 쓸어내리며 웅얼거렸다.

"괜찮아, 우리 잘못이 아니야. 우리 잘못이 아니야."

하지만 모든 것이 명확했다. 아무리 울어도 변명해도 소용없다는 것, 그 누구도 아닌 자기들의 잘못이라는 것. 유택이는 축 처진 채 후회가 자신을 스쳐 지나가도록 내버려 두었다. 한 가지 생각이 점점 커지더니 머릿속을 맴돌았다. 민선이를 못 본 척 방관하지 말았어야 했는데. 유택이는 깨달았다. 이 죄책감에서 평생 자유롭지 못할 거라는 것을. 가슴이 무거웠다.

유택이는 바람에 섞인 흙냄새를 한껏 들이마셨다. 낮 동안 뜨겁게 데워진 흙냄새가 공기 중에 가득했다. 희미한 비 냄새가 섞이더니, 얼마 지나지 않아 후두두둑 비가 들이쳤다. 방 안으로 뿌옇게 들이치는 빗방울을 보다 유택이는 입술을 비죽거렸다. 미안해, 도담아. 미안해, 민선아. 미안해……. 사우나처럼 뜨겁게 달궈진 방에서 유택이는 흐느끼기 시작했다.

모니터를 지켜보던 검은 옷의 남자가 기분 좋게 손가락을 튕겼다. 일이 생각했던 대로 착착 진행되었다.

"지옥에서 살아 나온 두 친구의 감동적인 만남이라. 좋았어. 역시 신의 한 수였어. 내가 뭐라 했나. 직접 물어보는 것보다 훨씬 많은 것을 알아낼 거라 하지 않았나."

검은 옷의 남자가 야비하게 웃었다. 모니터 앞에 앉아 있던 교관이 조심스레 입을 열었다.

"하지만 아이들에게 너무 잔인……."

"됐네. 이 일이 얼마나 촌각을 다투는 사안인지 알고 있잖나. 섣부른 동정심 따위는 접어 두게."

교관은 무겁게 입을 닫았다. 검은 옷의 남자는 교관을 힐끔 보고는 방을 나갔다. 문이 닫히자마자 교관은 저장된 영상을 Z 파일로 옮기고 정해신 방식에 따라 파일명을 바꿨다. '6월

30일 정유택, 이규리: 13:35~14:45'

모니터 안에서 유택이와 규리가 흐느끼고 있었다. 교관은 주머니를 뒤져 담뱃갑을 꺼냈다. 지금껏 꾹꾹 눌러 온 감정이 요동을 쳤다. 교관은 담뱃갑을 우그작 구기고는 의자에 털썩 몸을 묻었다.

에필로그

총리는 마지막 장을 넘기자마자 서류를 책상 한쪽으로 밀어 버렸다. 두 시간쯤 집중해서 읽은 탓에 두 눈에 핏발이 서려 있었다. 총리는 일급비밀 표시가 찍힌 서류를 병균이라도 되는 듯 혐오스럽게 노려보다 소파에 앉은 검은 옷의 남자에게 눈을 돌렸다.

"이게 다 뭡니까?"

남자가 침착하게 대답했다.

"보시는 대로 지난 5월 3일에 일어난 2차 Z 바이러스 발병 처리 보고서입니다."

총리의 숨소리가 거칠어졌다. 남자는 그제야 총리를 똑바로 바라보았다. 총리는 붉어진 얼굴로 입을 뗐다.

"그러니까 그 선남만이 했다는 일이, 학생들에게 아무것도 알려 주지 않은 채 서로 물고 뜯게 놔둔 겁니까?"

검은 옷을 입은 남자는 한참 동안 말이 없었다. 남자는 책상 위에 아무렇게나 팽개쳐진 보고서를 힐끗 보더니 한숨을 쉬었다.

"어쩔 수 없는 일이었습니다. 학생들은 모두 비교적 멀쩡합니다. 물론 심한 대인 공포증 때문에 정상적인 생활을 하기는 어렵지만 말입니다. 그것도 시간이 지나면 차차 나아지겠지요. 저는 이번 캠프가 아주 성공적이었다고 생각합니다만. Z 바이러스의 치료도 완료되었고, 운 좋게 항체를 가진 아이들까지 발견했으니 말입니다. 이것으로 한동안은 Z 바이러스 문제가 불거지지 않을 겁니다. 그럼 됐잖습니까."

"되다니, 뭐가 됐다는 말입니까! 한 아이는, 이름이 뭐더라. 아, 박정현! 그 애는 영구 장애가 남을 만큼 얼굴을 심하게 다쳤어요. 나머지 아이들은 학교도 못 가고 정신 병원을 들락날락하고 있어요. 게다가 두 아이는 뭡니까? 왜 아직까지 병원에 있는 겁니까? 도대체 항체는 언제 찾아내고 백신은 언제 만들 겁니까? 혹시 이미 완성된 백신을 숨기고 있는 건 아니오? 나를 따돌릴 수 있다고 생각했다면, 당신 날 아주 잘못 본 거요!"

총리가 버럭 소리를 질렀다.

남자는 소파에서 몸을 일으키더니 깍지 낀 손을 무릎에 올려놓았다. 짜증 난 기색이 역력했다. 잠시 뜸을 들이던 남자가 고개를 까딱거리며 입을 열었다.

"그럼 어쩌란 말입니까? 지금까지 알아낸 사실은 전부 말씀드렸습니다. 두 아이의 혈액은 정기적으로 채취해 항체 연구를 위해 쓰고 있습니다. 아실지 모르겠지만, 급한 대로 혈액을 주사해도 Z 바이러스를 치료할 수 있습니다."

총리의 굵은 눈썹이 꿈틀거렸다.

"고작 중학생한테 피를 뽑아 봤자 얼마나 뽑을 수 있겠소. 그런 임시 대책 말고 당장 연구 결과를 가져오란 말이오."

남자가 손을 흔들며 말했다.

"서두른다고 될 일이 아닙니다. 물론 총리께선 임기 내에 이 일을 처리하고 싶으시겠지만 말입니다."

남자의 말투에서 비웃음을 느낀 총리의 얼굴이 딱딱하게 굳었다. 남자와 총리는 서로를 노려보았다. 남자의 눈초리가 자신을 꿰뚫어 보는 것 같아 총리는 식은땀이 흘렀다. 총리는 자존심을 추스르며 두 눈을 부릅떴다. 한 나라의 총리가 저따위 하찮은 남자에게 밀리다니 있을 수 없는 일이다.

"다음엔……."

총리가 입을 열자마자 남자의 휴대폰이 울렸다. 남자가 휴대폰을 받았다.

"뭐라고!"

남자의 표정이 험악해지더니 자리에서 벌떡 일어났다. 총리는 총리실을 이리저리 오가는 남자의 등을 좇았다. 남자가 신음을 내뱉었다. 심상치 않은 분위기에 총리는 엉거주춤 자리에서 일어섰다.

"알았어."

남자는 무서운 얼굴로 휴대폰을 끊더니 거칠게 방문을 열었다.

"또 무슨 일인가."

총리가 서둘러 물었다. 긴장한 탓에 목소리가 갈라졌다.

방문을 나서던 남자가 잠시 걸음을 멈추고 돌아보았다.

"3차 발병입니다."

남자는 침착해 보이려 애를 썼지만 소용없었다. 얼굴이 창백해지면서 호흡이 가빠졌다.

총리는 그 자리에 얼어붙었다. 총리는 필사적으로 남자의 말을 되새겼다. 3차 발병, 3차 발병……. 머릿속에서 경고 알람이 시끄럽게 울렸지만, 두려움에 굳은 머리는 생각하기를 거부했다. 이제 겨우 Z 바이러스에 대한 실마리를 잡았다고 생각했는데, 또다시 인간의 손이 미치지 않는 곳으로 달아난 것 같아 총리는 극심한 절망감을 느꼈다. 바이러스와 인간의 오래된 싸움이 어떻게 끝나려는지. 총리는 가늠할 수 없는 어둠 속을 걷는 듯한 두려움을 느꼈다.

총리는 등을 바르게 펴고 가까스로 입을 뗐다.

"어디서 발병했소?"

총리를 바라보는 남자의 시선이 불안하게 흔들렸다. 잠시 주저하던 남자가 격앙된 목소리로 더듬거렸다.

"여기저기. 산발적으로. 지금까지 확진된 것만 다섯 건인데, 더 늘어날 것으로 보인답니다. 전 이만 가 봐야겠습니다."

남자는 고개를 까닥하고 등을 돌렸다. 남자의 등 뒤로 차분한 목소리가 날아들었다.

"그런데 말이야. 그 두 아이 말일세. 공통점이 하나 있더군."

남자가 멈칫하며 총리를 향해 돌아섰다. 붉은 마호가니 책상 위에 두 손을 가지런히 올린 채 앉아 있는 총리는 침착해 보였다. 총리의 얼굴이 너무 편안해 보여 남자는 울컥했다. 남자는 못마땅하다는 듯 얼굴을 찌푸리며 총리를 노려보았다. 이 급박한 상황에서도 자기 힘을 과시하려는 총리에게 분노가 치밀었다.

남자는 '흐읍' 깊은 숨을 들이마셨다. 머릿속이 또렷해지면서 그제야 총리실 전경이 한눈에 들어왔다. 붉은 마호가니 나무로 사방을 두른 벽에 고가의 그림이 서너 점, 방 한구석에는 골프채 서너 개가 가지런히 자리를 차지하고 있었다.

남자는 삐딱하게 웃으며 물었다.

"그게 뭡니까?"

"죄책감. 미안하다는 마음 말이오."

"하! 총리께서는 이 일이 애들 장난 같습니까? 편안한 사무실에만 있으시니 상황을 잘 모르나 본데, 쓸데없는 참견 마십시오. 이 일은 전적으로 Z 전담반의 일입니다. 총리가 관여할 일이 아니란 말입니다. 그럼."

두 사람의 시선이 허공에서 부딪쳤다. 총리는 한껏 달아오른 얼굴을 있는 대로 찡그렸다. 남자는 총리를 무시한 채 냉정하게 걸음을 돌렸다. 애초에 비위를 맞출 생각 따윈 없었다. 등 뒤로 육중한 문이 놀랍도록 부드럽게 닫혔다. 남자는 발을 쿵쿵 구르며 서둘러 건물을 빠져나왔다.

뜨거운 여름 바람이 피부에 끈끈하게 감겼다. 주차장까지 기껏해야 5분 남짓 걸었을 뿐인데 셔츠가 땀에 흠뻑 젖었다. 한바탕 땀을 흘리고 나니 끓어올랐던 분노가 서서히 가라앉았다. 남자는 서둘러 시동을 켜고 에어컨을 틀었다. 후텁지근한 바람이 콧속으로 파고들었다. 남자는 에어컨 바람이 시원해지기를 기다리며 총리의 말을 떠올렸다.

'죄책감이라……. 말도 안 되는 소리.'

우우웅웅. 갑자기 차가워진 에어컨 바람이 얼굴을 후려쳐 남자는 숨을 헉 멈췄다. 때맞춰 휴대폰이 비명을 질러 댔다. Z 전담반에서 문자 메시지가 1개, 2개…… 6개. 메시지를 읽는 남자의 눈이 점점 커졌다.

'Z 바이러스 추가 발병. 현재 확진 10곳. 신속히 본부로 귀환 바람.'

'서울 강남중학교, 4명에게서 Z 바이러스의 발병이 감지됐음을 보고합니다. 이에 Z 캠프를 실시할 것을 요구합니다.'

'부산 서북중학교 5명, Z 바이러스 감지. Z 캠프를 요구합니다.'

'여주 정북중학교, 6명…….'

'구례 청산중학교 8명 Z 바이러스…….'

'분당 백석중학교 2명에게서 Z 바이러스 발병이…….'

남자는 허둥거리며 차를 출발시켰다.

마음이 급했다.

작가의 말

몇 년 동안 내 인생을 괴롭게 했던 일이 내게 이 글을 쓰도록 결심하게 했다.

몇 년간의 괴롭힘, 몇 번의 왕따, 몇 명의 주동자, 그리고 다수의 방관자.

대부분의 따돌림은 그런 식으로 진행된다.

소수의 주동자가 일을 꾸미고, 비겁함 뒤에 숨은 다수의 방관자들이 무관심으로 일을 덮는다.

지금도 얼마나 많은 아이들이 따돌림이라는 늪 속에서 허우적거리고 있을까.

그리고 섣불리 나섰다가 자신이 그 자리를 대신할까, 눈을 감는 아이들은 얼마나 더 많을까.

이 글은 Z 바이러스에 걸려 좀비처럼 변해가는 아이들의 이야기다.

Z 바이러스가 사람들의 몸속에 넓게 퍼져 있듯이 따돌림이라는 질병도 우리 주위에 퍼져 있다. 이미 대유행 수준이고 불행히도 그 기세가 꺾일 기미는 보이지 않는다.

우리는 따돌림이라는 질병에 맞서 이길 수 있을까? 항체를 찾아낼 순 있을까?

부디,

그렇게 되길.

2016년 8월

김영주

Z 캠프

2016년 8월 16일 1판 1쇄
2021년 4월 10일 1판 3쇄

지은이 김영주

편집 김태희, 배정옥, 나고은 | **디자인** 홍경민
제작 박흥기 | **마케팅** 이병규, 양현범, 박은희

인쇄 천일문화사 | **제책** 정문바인텍

펴낸이 강맑실
펴낸곳 (주)사계절출판사 | **등록** 제406-2003-034호
주소 (우)10881 경기도 파주시 회동길 252
전화 031)955-8588, 8558 | **전송** 마케팅부 031)955-8595 편집부 031)955-8596
홈페이지 www.sakyejul.net | **전자우편** literature@sakyejul.com
블로그 skjmail.blog.me | **페이스북** facebook.com/sakyejul1318
트위터 twitter.com/sakyejul

ISBN 978-89-5828-259-4 44810
ISBN 978-89-5828-473-4 (세트)

이 도서의 국립중앙도서관 출판시도서목록(CIP)은 e-CIP 홈페이지(http://www.nl.go.kr/cip.php)에서
이용하실 수 있습니다.(CIP제어번호: CIP2016018034)